KB114796

조돈형 新무협 판타지 소설
FANTASTIC ORIENTAL HEROES

장강삼협 15

조돈형 新무협 판타지 소설

초판 1쇄 찍은 날 § 2013년 11월 28일
초판 1쇄 펴낸 날 § 2013년 12월 4일

지은이 § 조돈형
펴낸이 § 서경석

편집부장 § 권태완
편집책임 § 박은정

펴낸곳 § 도서출판 청어람
등록번호 § 제1081-1-89호
등록일자 § 1999. 5. 31
어람번호 § 제2-2427호

주소 § 경기도 부천시 원미구 심곡2동 163-2 서경B/D 3F (우) 420-822
전화 § 032-656-4452 팩스 § 032-656-4453
http://www.chungeoram.com
E-mail § chungeorambook@daum.net

ⓒ 조돈형, 2011

ISBN 978-89-251-3577-9 04810
ISBN 978-89-251-2574-9 (세트)

※ 파본은 구입하신 서점에서 교환하여 드립니다.
※ 저자와 협의하여 인지를 붙이지 않습니다.
※ 이 책은 도서출판 청어람과 저작자의 계약에 의해 출판된 것이므로,
　무단 전재 및 유포 · 공유를 금합니다.

坐山三峽

조돈형 新무협 판타지 소설

[2부] **15**

장강삼협

FANTASTIC ORIENTAL HEROES

長江三峽

청어람

第四十二章
긴 밤의 끝

온 천하가 활활 타오르는 불길에 뒤덮였다.

불길을 뚫고 수십 마리의 화룡이 노호성을 토해냈다.

그 누구도 반응하지 못했다.

그저 극도의 공포심과 경악에 입을 쩍 벌리고 있을 뿐이었다.

움직여야 한다는 것을, 두려움을 떨쳐내고 당당히 맞서 싸워야 한다는 것을 알고 있었지만 몸이 말을 듣지 않았다.

시뻘건 불길이 짓쳐 들었다.

자신을 에워싸고 있던 수많은 수하는 이미 허무하게 쓰

러진 상태였다.

　필사적인 노력으로 검을 치켜세울 수 있었다.

　하지만 너무 늦고 말았다.

　꽝!

　거대한 충격.

　몸이 붕 뜨는 듯한 느낌이 드는가 싶더니 이내 정신이 아득해졌다.

　"으악!"

　외마디 비명과 함께 독안마의 눈이 떠졌다.

　"이제 정신이 드는 모양이군."

　힘겹게 눈을 뜬 독안마가 음성의 주인을 향해 고개를 돌렸다.

　병색이 완연한 얼굴의 주인은 혈사림의 태상 귀령사신이었다.

　"질긴 목숨이로군."

　귀령사신 못지않게 창백한 얼굴의 좌상 성안이 비웃음을 흘리며 말했다.

　반역을 도모한 것도 부족해 귀령사신과 함께 독안마를 찾아갔다가 목숨을 잃을 뻔했기 때문인지 그의 음성엔 살기가 가득했다.

"……."

독안마는 아무런 대꾸도 하지 않았다.

"반란은 진압되었다."

태상의 말에 독안마의 안색이 살짝 일그러졌다.

짐작 못한 바는 아니었지만 어딘지 모르게 가슴이 쓰렸
다.

"억울해하는 것을 보니 아직도 정신을 차리지 못한 모양
이군."

"자신이 무슨 멍청한 짓을 저질렀는지도 모르는 한심한
인간 같으니!"

성안의 호통에 독안마의 눈에 독기가 서렸다.

"멍청한 짓? 림주가 천추세가에 당했다는 것은 세상천지
모르는 사람이 없다. 공석이 된 자리를 차지하기 위해 노력
을 한 것이 멍청한 짓이란 말이냐?"

독안마의 당당한 태도에 성안이 어이없다는 표정을 짓자
태상이 가만히 입을 열었다.

"인정한다. 누구나 욕심을 낼 수 있는 상황이지. 림주님
의 부재가 억눌렀던 욕망에 불을 붙일 수 있다는 것도 알고
있다. 애당초 혈사림만큼이나 강자존의 원리가 철저하게
적용되는 곳도 없음이니. 하나, 좌상이 말하는 멍청함이란
그대가 정점에 오르기 위해 결코 잡아서는 안 되는 자들과

손을 잡았음을 말하는 것이다."

독안마의 몸이 순간적으로 움찔했다.

마황성으로부터 자금을 지원받은 것을 들켰다는 생각 때문이었는데 이어지는 성안의 힐난은 그가 생각하는 것과는 방향이 달랐다.

"아무리 혈사림이 탐이 난다고 어떻게 천추세가의 지원을 받을 수 있단 말이냐!"

'처, 천추세가?'

독안마의 눈동자가 크게 흔들렸다.

당연히 마황성이라는 이름이 거론될 줄 알았건만 천추세가라니!

"그, 그게 무슨 말이냐? 천추세가라니?"

독안마의 반응을 살피던 귀령사신과 성안이 서로 마주보며 한숨을 내쉬었다.

"역시 우리의 예측대로 몰랐던 모양이군."

귀령사신의 말에 성안이 코웃음을 쳤다.

"그러니까 더 멍청하다는 것 아닌가? 수하 놈이 어디서 자금을 끌어왔는지도 모르고 있었으니."

"서, 설마 이종이 천추세가와 접촉을 했다는 것이냐?"

독안마가 믿을 수 없다는 표정으로 되물었다.

"그래. 그놈이 천추세가 놈들하고 접촉하는 것을 확인했다. 얼마 전에도 황금을 얻지 않았느냐?"

"그, 그건 마황성에서……."

얼떨결에 내뱉은 말에 귀령사신과 성안의 얼굴이 일그러졌다.

"마황성? 기가 막히는군. 천추세가가 아니라 마황성이라도 마찬가지다. 어떻게 마황성의 지원을 받을 생각을 한단말이냐?"

"……."

"그나마도 병신처럼 속은 것이로군. 한심하기는."

성안의 조롱에도 독안마는 아무런 말도 할 수가 없었다.

잔뜩 흥분한 성안을 잠시 제지한 귀령사신이 입을 열었다.

"말했듯이 반란은 완벽하게 제압이 되었다. 그대를 따르던 이들의 대다수가 천추세가의 지원을 받았다는 것을 알고는 모조리 무기를 버렸지. 몇몇 놈은 이 사실을 믿지 못했지만 이종과 함께 황금을 나르던 놈들의 입을 통해 모든 사실이 밝혀지자 그놈들 또한 무기를 버리더군. 사실 이종과 함께 황금을 나르던 놈들 또한 천추세가가 개입했다는 것은 몰랐지. 애당초 이종을 제외하고는 아무도 몰랐던 것이야."

"이, 이종은 그대들이 제거를……."

독안마의 말은 성안의 호통에 그대로 막혀 버렸다.

"정말 바보로군. 우리가 뭣 때문에 네놈을 찾아간 것이라 생각하느냐? 바로 네놈이 지원이랍시고 받은 돈이 바로 천추세가에서 흘러들어온 돈이라는 것을 알려주기 위함이었다. 이종은 더없이 중요한 증인이었고. 한데 뭣 때문에 놈을 제거한단 말이냐?"

비로소 뭔가를 눈치챈 독안마가 입술을 꽉 깨물었다.

"그, 그럼 천추세가에서?"

"이제야 머리가 돌아가는군. 천추세가에선 이종을 제거함으로써 완벽하게 꼬리를 지우려 한 것이다. 제대로 먹힌 것이지. 얘기를 하러 간 우리를 죽이려고 안달을 했으니."

"……."

"하나 더. 그런 측면에서 인면호리에 붙었다가 그대에게 굴복한 이들은 아마도 우리와의 싸움을 부추기기 위한 수단과 동시에 여차하면 그대를 배반하여 뒤통수를 치기 위해 보낸 놈들일 것이다. 무기를 버리고 무릎을 꿇는 놈들과는 달리 처음부터 필사적으로 저항을 하더군. 그놈들은 항복 여부와 상관없이 모조리 제거했다."

귀령사신의 말에 독안마의 몸이 살짝 떨렸다.

인면호리의 밑에 있다가 자신에게 온 자들의 수가 어림잡아도 백오십이 넘었다.

그들이 중요한 순간에 배반을 하여 뒤통수를 친다고 생각하자 절로 신음이 흘러나왔다.

"림주께서 살아계실 때 천추세가를 끌어들여 반역을 꿈꿨던 인면호리가 근래에 너무 얌전했다고 생각하지 않나? 수족으로 부리던 놈들이 이탈을 하는 상황에서도 침묵을 지키고. 의도적으로 그대의 세력을 키워주려고 한 것이다. 바로 우리와 상잔을 시키기 위해서."

귀령사신의 힐난에 독안마의 고개가 살짝 떨궈졌다.

"만약 그놈이 제때에 나타나서 천추세가의 음모를 밝혀내고 우리를 돕지 않았다면 놈들의 의도대로 될 뻔했지. 그런 점에서 고맙기는 하지만 부끄러워서 정말 얼굴을 들 수가 없군."

성안이 한숨을 내쉬며 고개를 흔들었다.

독안마의 얼굴이 굳어졌다.

단 한 번의 공격으로 주변을 지키는 수하들을 일거에 전멸시키고 자신에게까지 치명타를 입힌 거구의 사내가 떠올랐다.

"그는 누구지?"

*　　　*　　　*

"지금쯤이면 어느 정도 승부가 났을 것 같군."

인허가 차를 홀짝이며 말했다.

"전력으로만 따지자면 독안마 쪽이 압도적으로 유리하지만 유대웅이라는 괴물이 가세를 했으니 승부가 어찌 될지는 모르는 일이죠."

한경의 말에 인허가 빙긋이 미소를 지었다.

"아예 서로에게 치명적인 타격을 입혔으면 더없이 좋겠는데 말이야."

"누가 이기든 우리에게 아쉬울 것은 없을 겁니다만 기왕이면 독안마 쪽이 승리를 거뒀으면 좋겠소."

"왜? 유대웅 때문에?"

한경이 고개를 끄덕였다.

"아무래도 상대하기가 영 거북하잖소. 잡자면 잡지 못할 것은 없지만 이건 뭐 얼마나 많은 피해가 발생할지 가늠하기가 힘드니."

"하긴, 무림십강을 뛰어넘는 실력자라고 하니 그럴 만도 하겠군."

군림대가 천추세가에서 어떤 존재인지 잘 알기에 인허 역시 그들의 피해를 최소화할 수 있다면 그 이상 좋을 것은 없었다.

"하면 공격은 어느 시점으로 잡고 있으냐?"

"마음 같아서야 당장 움직이고 싶지만 여의치가 않소."

"간자들 때문에?"

"인근에 간자들이 쫙 깔렸소. 그렇게 치열하게 싸우면서도 삼태상 쪽에서도 그렇고 독안마 쪽에서도 인면호리에게는 허점을 보이고 싶지 않은 모양이오. 젠장맞을! 우리가 단독으로 칠 수는 없는 노릇 아니오."

"그렇다고 시간을 너무 주면 놈들이 상황을 수습할 기회를 주게 된다. 최선을 다해 간자들을 제거하고 있으니 적당한 때가 되면 바로 공격을 하는 것이 좋겠다."

"뭐, 이미 준비는 끝났소."

한경이 살짝 거드름을 피우며 말했다.

"그렇겠지."

인허가 만족한 미소를 지으며 고개를 끄덕일 때 문이 벌컥 열리며 효엄이 하얗게 질린 얼굴로 들어왔다.

"자, 장로님!"

"무슨 일이기에 이 난리야?"

한경이 혀를 차며 물었다.

"도, 독안마가, 독안마가 당했습니다."

순간, 인허와 한경의 얼굴이 동시에 굳어졌다.

독안마가 당했다는 것은 삼태상이 승리를 거뒀다는 것.

다시 말해 어지간하면 피하고 싶은 유대웅이 건재할 가

능성이 높다는 것을 의미했다.

"망했군. 그놈만은 피하고 싶었건만."

한경이 한숨을 내쉬었다.

"그래도 독안마는 만만치 않은 위인이다. 이끌고 있는 병력도 상당하고. 저들도 상당한 피해를 당했을 게다."

인허의 말이 끝나기가 무섭게 효엄이 고개를 흔들었다.

"그, 그렇지 않습니다."

"그렇지 않다니?"

인허가 미간을 찌푸리며 물었다.

"양측의 피해는 생각보다 크지 않습니다. 큰 피해가 발생하기 전에 독안마와 주변 측근들이 순식간에 당했다고 합니다."

한경이 얼굴이 딱딱히 굳었다.

"유대웅이냐?"

"그렇습니다. 보고에 의하면 단독으로 적진에 뛰어들어 수뇌부를 초토화시켰다고 합니다. 그 와중에 독안마 역시 생사를 알 수 없을 정도의 부상을 당하고 쓰러졌고요. 한데 문제는 그게 아닙니다."

"다른 문제라도 있느냐?"

"독안마가 본가의 지원을 받은 것이 들킨 모양입니다."

"들키다니! 지금 그게 무슨 소리냐?"

인허가 기겁하며 되물었다.

"이종이 죽으면서 증거는 말살되었다."

한경의 말에 효엄이 고개를 흔들었다.

"삼태상 쪽에서 이종의 수하들을 내세워 본가와 관련이 있다고 증언하게 하였습니다."

"그놈들은 아는 것이… 아니군. 어차피 거짓 증언을 만들어 내는 것이야 일도 아니지. 해서? 상황이 어찌 돌아가는 것이냐?"

"독안마의 수하 중 대부분이 저항을 포기하고 항복을 했습니다. 몇몇이 믿지 못하고 대항도 하기는 했지만 이내 제압당했습니다. 특히 인면호리 측에서 보낸 이들은 모조리 주살당했습니다."

꽝!

화를 참지 못한 한경의 주먹에 앞에 놓인 탁자가 산산조각이 나서 흩어졌다.

"그랬다는 것은 우리의 의도를 정확하게 파악하고 있다는 것이겠지?"

"그럴 가능성이 높습니다."

"역시 유대웅?"

"아마도요."

최악의 결과를 받아든 인허와 한경은 어이가 없다는 얼

굴로 서로를 바라보았다.

어째서 유대웅이 천추세가의 가장 큰 적으로 대두가 되었는지 다시금 느낄 수 있었다.

하지만 그건 시작에 불과했다.

"대주!"

효엄과 마찬가지로 아무런 예고도 없이 문을 벌컥 열고 들어선 사람은 군림대 부대주 사마조였다.

"또 왜? 뭔데?"

뒤를 돌아보는 한경의 음성엔 신경질이 가득했다.

평소 침착하기로 정평이 난 사마조가 저토록 다급하게 부를 정도면 분명 큰 문제가 생겼으리라는 것은 예상이 가능했다.

"저, 적이 쳐들어왔다."

"뭐야!"

깜짝 놀란 한경이 의자를 박차고 벌떡 일어났다.

"적이라니? 대체 어떤 놈들이?"

"모른다. 하지만 기습을 해온 병력의 수가 상당하다."

"빌어먹을! 독안마가 쓰러졌다는 보고를 받은 지가 촌각도 되지 않았다. 대체 어찌 된 거야?"

한경이 사마조와 거의 동시에 뛰어든 수하로부터 보고를 받고 있는 효엄에게 물었다.

효엄의 얼굴이 파랗게 질린 것으로 보아 사달이 나도 제대로 난 모양이었다.

"도, 독안마가 쓰러지고 본가의 개입을 알게 된 그의 수하들이 삼태상에게 굴복하자 유덕강이 곧바로 병력을 이곳으로 돌렸다고 합니다."

"유덕강이라면 우상?"

"예."

"그놈이 아닐 거다. 아마도 유대웅이겠지. 아주 제대로 허를 찔렸군. 설마하니 이토록 빨리 치고 나올 줄은 몰랐는데 말이야."

한경이 이를 부득 갈았다.

"인면호리는 어찌하고 있다더냐?"

인허가 물었다.

"모든 병력을 동원해서 막아내고 있습니다만 워낙 많은 병력인데다가 기습을 당한 터라 고전을 면치 못하고 있습니다. 그래도 아직까지는 잘 버티고 있는 것 같습니다."

"유대웅도 함께 움직인 것이냐?"

"그건 아직 확인되지 않았습니다."

"함께 움직였겠지."

한경이 사마조에게 고개를 돌렸다.

"대원들은?"

"이미 대기하고 있다."

"가자. 우리의 임무는 혈사림을 접수하는 거다. 어찌 되었든 인면호리를 지켜야 돼."

"유대웅은?"

순간, 멈칫하던 한경이 이내 싸늘한 음성으로 대꾸했다.

"당연히 쓰러뜨린다."

*   *   *

"죽여랏! 한 놈도 남기지 말고 쓸어버려!"

수하들을 독려하는 유덕강의 음성에 살기가 가득 담겨 있었다.

외부의 개입으로 인해 혈사림은 지금 만신창이가 된 상태였다.

천추세가는 인면호리를 부추겨 반역을 일으키게 한 것도 부족해 독안마를 은밀히 지원해 혈사림을 아예 초토화시키려 했다.

그것을 미연에 알고 막게 된 것도 외부인인 유대웅의 활약 덕분이었다.

만약 그의 도움이 아니었다면 혈사림은 꼼짝없이 천추세가의 음모 앞에 무릎을 꿇었을 터였다.

무림삼세의 일원으로 망신도 이런 망신이 있을 수 없었다.

"인면호리. 네놈만큼은 노부가 친히 죽여주마."

삼태상의 병력을 이끌고 있는 유덕강은 모든 일의 원흉이라 할 수 있는 인면호리를 노려보며 두 눈에서 무시무시한 살기를 뿜어냈다.

그것을 느낀 것인지 뒤쪽에서 초조한 낯빛으로 전장을 바라보던 인면호리의 얼굴이 공포감으로 물들었다.

"생각보다 쉽게 끝날 것 같습니다."

멀리서 싸움을 지켜보는 항평이 당장에라도 싸움에 참여하고 싶은지 어깨를 들썩이며 말했다.

"그러게. 확실히 시간을 주지 않고 몰아친 것이 주효한 것 같다. 제대로 된 판단이었어."

유대웅이 고개를 끄덕이며 전장 한쪽으로 시선을 돌렸다.

"과거에도 그랬지만 역시 무섭군."

"예?"

항평이 의아한 얼굴로 물었다.

"저기에 있는 저자 얘기다."

"혈사림의 군사라는 자요? 당장 공격을 해야 한다고 주장했다고 하셨지요."

"혈사림에 군사라는 지위는 없다고 하니까 명목상은 그저 태상이 데리고 있는 수하에 불과하지. 아무튼 이곳에서 저자를 만나게 될 줄은 생각도 못했다."

"누굽니까? 아까 저자가 형님에게 아는 체를 했을 때 상당히 놀라시던 눈치던데요."

항평이 궁금함을 참지 못하고 물었다.

"과거에 꽤나 인연이 깊었던 사이지."

유대웅의 입가에 미소가 지어졌다.

"그게 악연이라 문제였지만 말이다."

"악… 연이요?"

"혈사림에 투신하기 전까지 저자는 일심맹이라는 곳의 군사였다.

항평이 놀란 눈을 치켜떴다.

"일심맹이라면……."

"그래. 내가 장강에서 처음으로 접수한 곳이지. 아버지께서 세우신 곳이기도 하고. 그 과정에서 저자의 머리에서 나온 계략과 온갖 안배로 몇 번이나 죽을 고비를 넘겼다. 저자가 혈사림이 아니라 일심맹에 그대로 남아 있었다면 과연 어찌 되었을까 궁금해."

"그래도 결과는 변하지 않았을 겁니다."

"그렇겠지. 하지만 얼마나 많은 피해를 입을지 상상조차

되지 않는다. 그만큼 상대하기 힘든 인물이었어. 인면호리
에 이어 독안마의 도발이 계속되었음에도 삼태상이 지금껏
굳건히 버틸 수 있었던 것은 어쩌면 저자의 머리 덕분이었
을지도 모르겠다."

"설마요."

항평은 그다지 믿지 못하겠다는 얼굴로 중년 사내를 바
라보다 이내 고개를 돌렸다.

"그런데 정말 지켜만 봐야 되는 겁니까?"

"어쩔 수 없잖아. 저들이 원하지를 않으니."

유대웅은 연신 노호성을 터뜨리며 수하들을 독려하고 있
는 유덕강을 바라보며 입맛을 다셨다.

"충분히 이해가 가는 행동입니다."

온몸이 근질거려 죽겠다는 모습의 항평과는 달리 편안한
얼굴로 싸움을 지켜보던 마독이 입을 열었다.

"천추세가로 인해 혈사림의 자존심은 구겨질 대로 구겨
진 상황입니다. 사실 우리들의 도움도 내심으론 탐탁지 않
게 여길지도 모르겠군요."

"예. 우리를 배제함으로써 밑바닥까지 내려간 마지막 자
존심을 지키려는 것이겠지요."

유대웅도 혈사림의 입장을 충분히 이해하고 있었다. 그
랬기에 별다른 말없이 물러난 것이었다.

하지만 뜨거운 피가 솟구치는 항평은 달랐다.

"그래도 그렇지요. 천추세가의 계략을 부순 게 누구 덕인데 이제 와서 뒷전으로 물러나라니요."

생각할수록 분한지 항평의 넓은 콧구멍에서 하얀 김이 뿜어져 나왔다.

"쓸데없는 소리 마라. 치열한 싸움이다. 행여나 다치거나 목숨을 잃을 수도 있어."

유대웅이 주변에 흩어져 있는 수하들을 둘러보며 말했다.

유대웅의 말이 끝나기도 전, 마독이 한쪽 방향을 가리키며 웃었다.

"어쩌면 싸울 기회가 올지도 모르겠군."

유대웅과 항평의 시선이 마독이 가리킨 방향으로 향했다.

일단의 무리가 전장을 향해 달려오고 있었다.

그 수는 대략 백 명 남짓.

지원군으로서 적지 않은 수였지만 독안마의 병력을 완벽하게 흡수한 삼태상 쪽의 인원이 거의 천 명에 가깝다는 것을 감안했을 때 얼마나 큰 힘이 될지는 미지수였다.

인면호리의 병력과 합친다고 해도 사백이 겨우 넘을 터였다.

게다가 대다수의 장로와 사십사군이 삼태상 측에서 싸우고 있다는 것을 감안하면 그 차이는 더욱 컸다.

"놈들이군요."

팔짱을 낀 유대웅이 더없이 진지한 표정으로 새롭게 나타난 병력을 살폈다.

항평의 눈이 반짝거렸다.

"놈들이라면 천추세가에서 왔다는 놈들이요?"

"그래. 아무래도 분위기가 그들 같다."

"실력이 만만찮은 놈들이라고 했던가요? 기대가 되네요. 과연 어느 정도의 실력을 보여줄지."

항평이 잔뜩 기대에 찬 눈으로 전장에 나타난 군림대를 바라보았다.

군림대의 첫 상대는 촉천이 이끄는 호혈단이었다.

유대웅으로부터 천추세가의 무인들이 개입을 했으며 그들의 실력이 막강하다는 것을 들었던 유덕강은 군림대가 나타나자마자 호혈단으로 하여금 그들을 상대하게 하였고 비사단으로 호혈단을 지원케 했다.

하지만 군림대는 호혈단과 부딪치기 무섭게 어째서 그들이 천추세가에서 특별한 존재로 인정받고 대우를 받는지 증명했다.

독안마와의 싸움에 이어 인면호리와의 싸움에서 선봉에

서서 혁혁한 공을 세운 호혈단의 기세는 하늘을 찌를 정도였건만 군림대는 너무도 손쉽게 그들을 무력화시켰다.

그다지 큰 충돌도 없었다.

개개인의 실력 차가 너무 컸기에 제대로 된 싸움이 되지 않는 것이다.

눈 깜짝할 사이에 삼분의 일이 넘는 수하를 잃은 촉천이 다급히 전략을 바꾸고 비사단도 지원을 했지만 상황은 별반 다를 것이 없었다.

전장에 뛰어든 지 단 일각 만에 정면으로 부딪친 호혈단은 전멸에 가까운 피해를 당했고 비사단 역시 절반 가까운 인원이 목숨을 잃었다.

그에 반해 군림대의 피해라고 해봐야 고작 대여섯 명이 목숨을 잃는 것이 전부였으니 그들의 위용은 단숨에 전세를 뒤흔들 정도였다.

"대단하군요."

마독이 전장에서 눈을 떼지 못하고 말했다.

"예. 일전에 천추세가의 병력과 싸움을 해보았지만 그들과는 확실히 다릅니다. 많은 적에게 둘러싸였음에도 두려움은커녕 움직임 하나하나에 여유가 넘칩니다."

"연령대가 상당히 높은 것도 그렇고 마치 온갖 경험을 겪어본 백전노장 같군요."

"확실히 그런 느낌입니다."

유대웅이 크게 숨을 들이켜며 동의했다.

"도와야 하는 것 아닙니까? 이러다가 인면호린가 뭔가 하는 놈에게 패하겠습니다."

항평이 금방이라도 뛰쳐나갈 듯 흥분된 모습으로 소리쳤다.

"혈사림은 우리에게 이번 싸움에서 빠져달라고 정식으로 요청했다. 상황이 다급하다 하더라도 그들의 요청 없이 싸움에 끼어들 수는 없는 노릇이다."

"하지만……."

항평이 답답하다는 듯 바라보자 마독이 고개를 흔들었다.

"저들이 대단하긴 하지만 혈사림도 그리 만만한 곳은 아니다. 곧 대책을 세울 것이야."

마치 마독의 말이 끝나기를 기다렸다는 듯 삼태상 진영에서 노고수들이 뛰쳐나왔다.

혈사림의 진정한 힘이라 할 수 있는 장로들과 사십사군이었다.

인면호리 측의 노고수들을 상대하느라 그 숫자는 이십이 조금 넘을 정도였지만 그들의 가세만으로도 분위기가 반전되기엔 충분했다.

그렇다고 군림대가 곤란에 처한 것은 아니었다.

군림대에 속한 개개인의 실력은 장로들에 비하면 다소 손색이 있었지만 사십사군과 비교했을 땐 거의 대등한 수준이었다.

특히 군림대를 이끌고 있는 한경과 부대주 사마조를 비롯한 몇 명의 실력은 타의 추종을 불허할 정도로 뛰어났는데, 한경은 혈사림에서 다섯 손가락 안에 꼽히는 철혈독심 이자웅과 맞서 한 치도 밀리지 않고 대등한 싸움을 벌였고, 사마조 또한 살검으로 유명한 잔양검 종무외를 상대함에 부족함이 없었다.

"도움을 요청해도 되겠습니까?"

유덕강 옆에서 전황을 살피던 중년인이 심각한 표정으로 입을 열었다.

과거 일심맹의 군사였고 현재는 삼태상 측의 군사 역을 하고 있는 운염은 군림대의 출현에 상당한 위기감을 느끼고 있었다.

"누구? 장강수로맹의 맹주?"

유덕강이 불쾌한 얼굴로 물었다.

"예. 그와 함께 온 자들의 힘이라면 이 국면을 타개하는 데 큰 도움이 될 것입니다."

"일없다. 지금까지 일만으로도 체면을 구겼거늘 이번 일의 원흉이라 할 수 있는 천추세가 놈들을 막지 못해 도움을 청할 수는 없다. 게다가 처음부터 함께했다면 모를까 이제 와 도와달라고 하는 것도 낯 뜨거운 일이고."

유덕강의 단호한 말에 전장으로 고개를 돌리는 운염.

한참이나 말없이 전황을 지켜보다 다시금 입을 열었다.

"이대로 싸움이 이어지면 설사 이긴다고 하더라도 타격이 너무 큽니다."

"노부도 안다. 알지만……."

"우상께서 나서주셔야겠습니다."

"노부가?"

"예. 독안마 쪽에 보냈던 병력이 모조리 목숨을 잃은 지금 인면호리의 병력은 크게 두려울 것이 없습니다. 우상께서 직접 나서신다면 최소한의 병력으로도 인면호리의 병력을 막을 수가 있습니다."

"그거야 어려울 것 없다만 최소한의 병력이라면?"

"광혼단과 비사단을 붙여드리겠습니다."

"비사단은 놈들과 싸우고 있지 않느냐?"

"기세를 잃었습니다. 이대로 가면 전멸을 면키 힘듭니다. 후퇴시킬 생각입니다. 우상께서 최소한의 병력으로 인면호리를 막으시는 동안 모든 힘을 집중해서 천추세가의 병력을 쓰러뜨리겠습니다."

유덕강이 그다지 마음에 들지 않는다는 표정으로 물었
다.

"그렇게까지 해야 한단 말이냐?"

"예. 저들의 실력이 어떠한지, 상황이 얼마나 심각한지는
저보다 우상께서 더 잘 알고 계시지 않습니까?"

잠시 고개를 돌린 유덕강은 사십사군마저도 거칠게 몰아
붙이는 군림대를 보며 한숨을 내쉬었다.

"그렇지. 내 평생 저렇게 무식한 놈들은 보지 못했다. 어
떻게 하나같이 무위들이……."

"시간이 없습니다. 더 큰 피해를 입기 전에 우상께서 나
서 주셔야 합니다."

"알았다. 네 말대로 하마."

결심을 굳힌 유덕강이 처음부터 공언한 대로 인면호리의
목을 치기 위해 직접 움직이자 운염이 곧바로 병력의 이동
을 명했다.

혈사림에서 가장 막강한 전투력을 지녔지만 바로 그런
이유로 상당한 전력의 손실을 입어 후미에 처져 있던 혈룡
승천대가 군림대를 막기 위해 움직였고 주로 후방 지원을
맡았던 암혼대도 혈룡승천대를 따라 이동했다.

검혈단과 음살단도 군림대를 상대하기 위해 빠르게 움직
였다.

유일하게 후퇴를 한 이들은 비사단뿐이었는데 초반에 군림대와 부딪쳐 괴멸적인 피해를 당해 단주 촉천을 비롯하여 생존자가 이십도 채 되지 않는 호혈단이 후퇴하라는 명을 어기고 끝까지 전장에 남았기 때문이었다.

그리고 운염은 어떠한 일이 있어도 절대로 개입시키지 말라는 유덕강의 명을 어기고 유대웅에게 은밀히 도움을 청했다.

사실 도움이랄 것도 없었다.

싸움에 참여하는 대신 전장을 이동하여 군림대를 압박해 달라는 요청이었다.

운염의 요청을 흔쾌히 받아들인 유대웅은 수하들을 이끌고 군림대의 배후로 이동을 시작했다.

단지 그것만으로도 효과는 상당했다.

유대웅의 무위를 경계하고 있던 군림대는 유대웅의 움직임에 민감하게 반응했다.

혈사림의 파상공세를 감당하면서도 유대웅이 이동하는 쪽으로 상당한 병력을 배치하여 혹시 모를 공격에 대비한 것이었다.

그리고 마침내 참전을 하게 된 항평.

운염의 부탁을 수용하는 조건으로 항평의 참전을 원한 유대웅의 조건은 받아들여졌고 가문의 원수인 천추세가,

군림대와의 대결을 학수고대 하던 항평은 우리를 뛰쳐나간 야수처럼 군림대원들을 압박했다.

유대웅의 도움으로 후삼식이 유실되어 불안정했던 뇌룡검법을, 이제는 스스로도 패왕칠검이라 부르는 가문의 비기를 완전히 대성한 항평의 무위는 실로 대단했다.

특히 무림십강과 그에 버금가는 고수들과 매일같이 실전과 같은 비무를 해왔기에 어린 나이에 어울리지 않는 임기응변과 노련함까지 갖춘 상태였다.

그런 항평의 실력은 군림대라는 막강한 적을 맞이하여 화려하게 꽃을 피웠다.

"덤벼라! 모조리 지옥으로 보내주마!"

단 두 번의 공격으로 기세 좋게 덤비던 군림대원의 숨통을 끊어버린 항평이 전장이 떠나가라 포효했다.

항평의 기세가 어찌나 대단한지 군림대는 동료의 죽음에도 쉽사리 그에게 달려들지 못했다.

"내가 상대해 주지."

치열한 접전 끝에 잔양검 종무외의 목숨을 빼앗는데 성공한 사마조가 조금은 지친 얼굴로 달려왔다.

"네놈은 누구냐?"

항평이 어깨에서 피를 흘리고 있는 사마조를 못마땅한 듯 바라보며 물었다.

"네놈이 알 건 없고."

항평의 물음을 일축한 사마조가 종무외의 피를 한껏 머금고 있는 검을 그대로 찔러왔다.

다가오는 검을 보며 항평이 피식 웃었다.

"그렇지. 이름이야 어떻든 그냥 장군가의 개일 뿐이지."

*　　　*　　　*

희미한 빛이 두 눈으로 스며들었다.

죽은 듯 감겨 있던 청진자의 눈이 가만히 떠졌다.

"저, 정신이 드십니까?"

청진자의 곁을 지키고 있던 정진 도장이 울먹이며 물었다.

"정… 진이더냐?"

"예. 사숙. 제자 정진입니다."

천천히 고개를 끄덕인 청진자가 몸을 일으켰다.

정진 도장이 얼른 그를 부축했다.

가볍게 손을 뿌리친 청진자가 좌우로 고개를 돌리며 물었다.

"사형께선 어디에 계시느냐?"

"사, 사백께선……."

정진 도장은 차마 입을 열지 못했다.

멍한 얼굴로 정신을 잃기 전 상황을 떠올린 청진자의 입에서 탄식이 흘러나왔다.

"그랬구나. 그게 꿈이 아니었어."

정신을 잃고 있는 동안 계속해서 반복된 장면이, 청구자가 목숨을 잃는 광경이 꿈이 아님을 비로소 느낀 것이다.

"죄, 죄송합니다, 사숙."

정진 도장이 깊이 머리를 숙였다.

"네가 죄송할 것이 무엇이더냐. 이 모든 것이 사형께서 원하신 것이거늘. 다만 아쉬운 것은 내가 아니라 어째서 사형이냐는 것이다. 차라리 나였다면 이렇게 마음이 아프지는 않았을 것을."

어릴 적부터 유난히 사이가 좋았던 청구자의 죽음에 청진자의 상심은 생각보다 큰 듯했다.

하지만 작금의 상황은 그로 하여금 언제까지 슬픔에 빠져 있도록 내버려 두지 않았다.

"다른 제자들은 어찌 되었느냐?"

청진자는 녹풍대 기마대의 일부가 그들을 피해 상중으로 달려간 제자들을 뒤쫓았다는 것을 상기하며 물었다.

"모두 무사합니다."

"무사해? 실로 다행이로구나."

녹풍대의 기세가 실로 만만치 않았기에 걱정이 컸던 청진자는 진심으로 기뻐했다.

"모든 것이 황하련의 련주님 덕분입니다."

"황하… 련?"

녹풍대 대주 야율제가 그의 목숨을 취하기 직전 백규가 목숨을 구해주었으나 이내 정신을 잃었던 청진자는 당시의 상황을 제대로 기억하지 못하고 있었다.

청진자가 고개를 갸웃거릴 때 문이 열리며 낡은 마의를 입은 노인과 그의 수하로 보이는 듯한 자들이 우르르 방으로 들어왔다.

"정신을 차렸다는 얘기를 듣고 왔네. 황하련을 이끌고 있는 백규라 하네."

평소의 성정을 보여주기라도 하듯 청진자를 대하는 백규의 언행에는 거침이 없었다.

상대가 삼세에 버금간다는 황하련의 련주이자 무림십강의 일원인 구룡금편 백규임을 확인한 청진자가 예를 차리기 위해 황급히 침상 밖으로 나오려고 했다.

"아, 괜찮네. 아직 몸이 불편할 터이니 무리할 것 없네."

백규의 만류에도 굳이 침상 밖으로 몸을 뺀 청진자가 백규를 향해 정중히 예를 차렸다.

"화산파의 청진입니다. 명성이 자자한 련주님을 뵙게 되어 영광입니다. 더불어 저와 제자들의 목숨을 구해주신 것에 대해 진심으로 감사를 드립니다."

"당연히 도와야 할 일이었네. 오히려 노부가 너무 늦게 결정을 내리는 바람에 청구자의 죽음을 막지 못했으니 도리어 미안할 뿐이라네."

아닌 게 아니라 일찌감치 고집을 꺾고 훗날을 도모하기로 결정을 내렸다면 청구자의 목숨도 구할 수 있었을 터. 백규는 진심으로 미안한 표정이었다.

"한데 어째서 우리가 위험에 빠진 것을 아셨습니까?"

"신호탄을 본 것은 녹풍대 놈들만이 아닙니다. 상중에서 대기하고 있던 우리들 역시 그 신호탄을 보았습니다. 그리고 곧바로 병력을 이끌고 나선 것이지요."

백규 곁에 있던 백곤이 대신 입을 열었다.

"그렇습니까? 하온데 존함이……."

"황하련의 백곤이라 합니다."

백곤이 공손히 허리를 숙이며 자신을 소개했고 청진자도 마주 예를 표했다.

"한데 녹풍대는 어찌 되었습니까?"

질문을 하는 청진자의 눈빛에 냉기가 깔려 있었다.

"몇 놈 살아서 도망가기는 했지만 수뇌들이 모조리 돼졌으니 다시는 그 이름을 들먹이지 못할 것이네."

백규의 말에 청진자는 다시 한 번 감사의 눈빛으로 머리를 숙였다.

"아무튼 몸조리 잘하게나. 독기가 모두 빠지려면 한나절은 걸릴 터이니."

"예? 독기라니요?"

청진자가 깜짝 놀라 되물었다.

"쯧쯧, 몰랐나 보군. 하긴 녹풍대가 만만치 않은 놈들이기는 해도 화산파를 대표하는 두 고수가 너무 쉽게 당한 듯하여 이상하기는 했네."

백규가 안타깝다는 듯 혀를 찼다.

백곤이 곧바로 설명을 이었다.

"녹풍대는 기마대로도 유명하지만 우리들 사이에선 아주 비겁한 놈들로 낙인이 찍힌 자들입니다. 특히 환심초(幻心草)라는 독초에서 추출한 독을 자유자재로 사용하며 많은 이의 목숨을 빼앗은 놈들이지요."

청진자가 당황한 얼굴로 말했다.

"하지만 하독의 기미를 전혀 느낄 수가 없었습니다."

"당연합니다. 놈들은 따로 하독을 하지 않고 자신들의 허리춤과 말에 독을 담은 주머니를 달고 다니다가 상대를 만나면 그 주머니를 개방합니다. 수십 개의 주머니에서 흘러나온 독은 이내 사방을 뒤덮지요. 환심초에서 추출한 독은 비록 사람의 목숨을 빼앗는 치명적인 위력은 없지만 무향(無香), 무미(無味), 무취(無臭)인지라 만성이 된 놈들과는 달리 처음 당하는 사람에겐 제법 위력을 발휘합니다. 온몸이 나른해지고 무기력감에 휩싸이게 되지요. 사실 어느 정도는 정신력으로 극복할 수 있지만 두 분께서 흡입하신 양은 정신력으로 극복하기 불가능할 정도로 많은 양이었습니다."

"그랬… 군요. 그래서……."

청진자는 자신이 어째서 그토록 무기력하게 무너졌는지 이해를 할 수가 있었다.

처음엔 청구자가 무참히 쓰러진 것에 대한 충격 때문이라 여겼지만 녹풍대가 은밀히 뿌린 독에 중독된 것임을 비로소 알게 된 것이다.

"그런데 이곳은 어디입니까?"

청진자가 자신의 몸이, 방이 흔들리는 것을 의식하며 물었다.

"련주님께서 타고 오신 배 안입니다."

정진 도장이 얼른 대답했다.

"하면 황하련에서도 결정을 내리신 겁니까?"

"방금 말하지 않았나. 노부가 너무 늦게 결정을 내렸다고. 황하련도 화산파와, 장강수로맹과 함께하기로 하였네."

백규의 대답에 청진자는 감격 어린 표정을 지었다.

"감사합니다. 감사합니다, 련주님."

"허! 자네가 감사해야 할 일은 아닌 듯하네. 어차피 우리도 살자고 하는 일이니."

백규가 쏩쓸히 말했다.

"황하련의 모든 병력이 장강으로 가는 것입니까?"

대답은 백곤이 대신했다.

"그건 아닙니다. 너무 많은 인원이 움직이면 오히려 천추세가에 덜미를 잡힐 수가 있습니다. 또한 인원만 많다고 좋은 것은 아니니까요."

"하면 다른 이들은 어찌하는 것입니까?"

"알아서 잘 숨어 있을 것입니다. 맞서 싸울 능력은 없을지 몰라도 들키지 않게 잘 숨어 있을 능력들은 되니 말입니다."

백곤이 웃음을 터뜨렸지만 청진자는 그 웃음에 깃든 분노와 허탈함을 느낄 수 있었다.

"그런데 련주님."

청진자가 조심스레 백규를 불렀다.

"왜 그러는가?"

"끝까지 싸우시려 한다는 얘기를 들었습니다. 한데 갑자기 마음을 바꾸신 이유를 여쭤도 되겠습니까?"

순간, 백규의 입에 고소가 지어졌다.

"솔직히 고집을 부리긴 했어도 황하련 홀로 천추세가를 감당할 수 없다는 것을 모를 정도로 멍청하지는 않네. 그리고……."

백규가 주변을 쓸쩍 둘러보며 말을 이었다.

"그 빌어먹을 괴물들이 본련을 향해 방향을 틀었다는 소식이 있었네. 불사완구인가 뭔가 하는 괴물들이. 마음 같아선 한 번 붙어보고 싶었지만 노부의 욕심을 채우자고 수하들을 모조리 죽음으로 내몰 수는 없는 노릇 아니겠는가."

말은 그리하면서도 백규의 눈빛은 아쉬워하는 빛이 역력했다.

*　　　*　　　*

"아쉽구나. 정말 아쉬워."

먼발치에서 싸움을 지켜보는 인허의 입에서 진한 탄식이 터져 나왔다.

원래의 계획대로라면 삼태상과 독안마는 서로 물고 물리며 만신창이가 되어야 했고 이후, 군림대와 인면호리의 병력이 손쉽게 혈사림을 접수해야 했다.

독안마 측에 심어놓은 병력도 톡톡히 역할을 할 터였다.

하지만 모든 것이 틀어지고 말았다.

대규모의 병력이 참여한 것도 아니었고 특정 세력이 개입을 한 것도 아니었다.

다 합쳐봐야 고작 오십 남짓한 인원에 불과했다.

거기에 제대로 싸울 수 있는 인원은 절반도 되지 않는 이들로 인해 나름 심혈을 기울였던 계획이 물거품이 돼버린 것이다.

인허의 시선이 군림대 후미에서 뒷짐을 지고 있는 유대웅에게 향했다.

짧은 순간에 장강을 일통하고 폭풍처럼 몰아치던 천추세가의 행보에 처음으로 제동을 건 인물.

군림대는 천추세가의 가장 큰 위협이라고 할 수 있는 유대웅을 반드시 제거하리라는 목표를 세워놓고 있었으나 지금 이 순간에는 오히려 그의 존재감으로 인해 군림대의 상당한 전력이 묶인 상태였다.

그렇다고 처음 목표한 대로 유대웅을 포위 공격하여 칠수도 없었다.

자존심을 회복하기 위해 목숨을 내걸고 덤벼드는 혈사림의 병력을 결코 무시할 수 없었기 때문이었다.

그들은 군림대를 공격하기 위해 달려든 병력 중 절반 이상이 목숨을 잃었지만 위축되기는커녕 자극을 받은 것인지 오히려 더욱 무서운 기세로 덤벼들었다.

목숨을 도외시하고 덤벼드는 혈사림의 병력은 군림대로 서도 분명 부담이었다.

시간이 흐를수록 그토록 막강했던 군림대에서도 피해가 속출하기 시작했다.

인허가 인면호리 쪽으로 고개를 돌렸다.

대부분의 병력을 군림대를 상대하기 위해 돌렸음에도 전세는 오히려 삼태상 쪽으로 기울어진 상태였다.

특히 혼전 중에 몸을 빼려던 인면호리의 덜미를 잡은 유덕강은 온갖 욕설을 뱉어가며 그를 매섭게 몰아붙이고 있었다.

아무리 봐도 도움을 기대하기는 틀린 상태였다.

"후~ 어찌해야 하는 것인가?"

끝까지 간다면 이길 가능성은 분명 있었다.

제법 많은 피해가 발생하기는 했지만 군림대는 아직도 그 위용을 잃지 않았다.

하지만 이긴다고 하더라도 원하던 승리는 아니다.

상처뿐인 영광이라고나 할까?

아니, 영광 따위도 아니었다.

그냥 혈사림과 양패구상 그 이상도 이하도 될 수가 없었다.

무엇보다 변수는 유대웅이었다.

아무런 개입도 없이 그저 주변에서 지켜만 보는 것으로도 큰 위협이 되는 그가 만약 본격적으로 싸움에 참여한다면 어떤 결과가 발생할지 눈에 훤했다.

군림대는 천추세가의 상징과도 같은 이들로 결코 이런 곳에서 쓰러져선 안 됐다.

결심을 굳힌 인허가 효엄을 불렀다.

효엄이 몇몇 수하와 함께 정신없이 달려왔다.

"퇴각한다."

"예?"

효엄이 깜짝 놀란 눈으로 바라보자 인허가 혀를 차며 말했다.

"눈이 있으니 보일 것 아니냐? 네놈은 이 상황에서 이길 수 있다고 보느냐?"

"……."

"이미 틀렸다. 군림대만이라도 무사히 지켜야지. 어서 퇴각 명령을 내려라."

"알겠습니다."

명을 받은 효엄이 신속히 자리를 떴다.

그의 뒷모습을 보는 인허의 입에서 다시금 한숨이 흘러나왔다.

바로 그 순간이었다.

그가 모든 숨을 내뱉기도 전에 그의 심장을 관통하는 검 하나가 있었다.

"끄으으으."

인허의 입에서 고통스런 신음이 흘러나왔다.

믿기지 않는 표정으로 고개를 돌리는 인허의 눈에 방금 전, 효엄을 수행하며 다가왔던 전령의 모습이 들어왔다.

"네, 네놈이……."

"너무 억울해 하지 마시오. 난 그저 내게 주어진 청부를 수행한 것뿐이니."

인허는 사내의 말을 미처 듣지 못하고 고개를 떨궜다.

곁에 있던 수하들이 그제야 경악한 얼굴로 달려왔지만 인허의 목숨을 거둔 사내의 신형은 이미 순식간에 사라지고 있었다.

인허가 비록 무력이 아닌 지모로서 장로의 반열에 오른 인물이었으나 그래도 결코 약한 무공을 지닌 사람은 아니었다.

그럼에도 아무런 눈치도 채지 못하고 당할 정도로 사내의 실력은 은밀하고 신속했다.

수하들과 함께 인면호리의 주요 인사들을 암살하며 삼태상의 세력이 보다 손쉽게 승리를 거둘 수 있도록 암중에서 도움을 주고 있던 임천.

과연 은영문의 문주이자 천하제일 살수의 후인다운 실력
이었다.

퇴각 명령을 내리는 것과 동시에 벌어진 인허의 죽음은
온갖 암계와 암투, 치열한 싸움이 펼쳐졌던, 결코 끝나지 않
을 것 같았던 긴 밤이 마침내 끝이 났음을 의미하는 것이었
다.

巫山三峡

第四十三章
폭풍전야(暴風前夜)

혈사림을 도모했던 계획이 유대웅의 활약으로 무위로 돌아간 이후, 대대적인 공세를 펼칠 것이란 세간의 예상과는 달리 천추세가는 일체의 움직임을 보이지 않고 침묵했다.

　그렇다고 무림에 평화가 찾아온 것이 아님은 누구나 알고 있었다.

　그야말로 폭풍전야.

　다들 숨 막힐 듯한 긴장감과 고요함에 진저리를 치며 천추세가의 행보에, 그리고 이에 맞서는 군웅의 대응을 숨죽이며 지켜볼 뿐이었다.

그리고 그들의 예상대로 잠깐 동안 침묵을 지켰던 천추세가의 변화가 감지되었다.

시작은 화산파와 황하련의 탈출, 혈사림에서의 실패 등 연이어 터진 악재에 잠시 늦춰졌던 전체 회합에서였다.

만화정(滿花亭).

이름 그대로 기화이초가 만발한 아름다운 정원에 자리하고 있는 정자에 주안상이 거하게 차려졌다.

구름 한 점 없는 하늘에 따뜻하게 내리쬐는 햇살.

꽃향기 가득한 만화정에서 술 한 잔 나누기엔 더없이 좋은 날씨였지만 만화정은 물론이고 그 주변까지 어딘지 모르게 팽팽한 긴장감이 흐르고 있었다.

그도 그럴 것이 지금 만화정에 모인 서른 남짓한 인물은 당금 무림의 폭풍의 핵이라 불리는 천추세가의 핵심 수뇌들이기 때문이었다.

비어 있는 가주의 자리를 중심으로 왼쪽엔 원로원을 대표하는 한백과 대장로 양조굉, 태상호법 언극을 필두로 원로원과 장로전, 호법전을 대표하는 몇몇 노고수가 자리했고, 오른쪽엔 낙성검문을 제외한 육주의 수장들과 식객청의 대표가 자리했다.

그리고 말석이라 할 수 있는 곳엔 불사완구를 부리며 장강이북을 평정하는 데 혁혁한 공을 세우고 돌아온 천검을 비롯하여 가주의 두 아들, 군림대의 대주 한경 등이 자리했는데 특이한 것은 녹림십팔채 총채주가 천추세가의 일원이 아니면서 유일하게 함께 자리를 했다는 것이었다.

눈앞에 온갖 산해진미와 명주들이 즐비했지만 누구 하나 손을 대는 사람이 없었다.

그저 가벼운 담소를 나누며 이 자리의 주인이라 할 수 있는 천추세가의 가주를 기다리고 있었다.

"가주께서 오십니다."

한호를 수행하는 천위영 대원 한 명이 앞서 달려와 가주의 등장을 알렸다.

자리에 앉았던 모든 이가 일어나고 곧 황룡이 그려진 섭선을 가볍게 살랑이며 한호가 모습을 드러냈다.

소숙이 반걸음 뒤에서 그를 따르고 한 발 떨어진 곳에선 천위영 영주 허표가 그림자처럼 움직이고 있었는데, 그가 이끌고 있는 천위영은 이미 만화정 주변에 완벽하게 은신하여 행여나 있을 불상사에 대비하고 있었다.

"하하! 제가 조금 늦었군요."

만면에 웃음을 띠며 나타난 한호의 말에 한백이 너털웃음을 터뜨렸다.

"원래 주인공은 조금 늦게 나타난 법. 하나, 이 늙은이들을 기다린 죄가 결코 가볍다고 할 수는 없으니 벌주는 각오하는 것이 좋을 걸세."

"하하하! 물론입니다. 숙부님께서 따라주시는 벌주거늘 얼마든지 받아야지요."

가볍게 웃은 한호가 수뇌들을 향해 손짓을 했다.

"자, 다들 앉읍시다."

한호가 자리에 앉기 무섭게 한백이 술병을 들었다.

"약속대로 벌주라오."

주향을 맡은 한호의 얼굴이 환해졌다.

"검남춘(劍南春)이로군요. 기왕 주실 거면 아끼지 마시고 꽉꽉 눌러 담아주십시오."

"허허! 너무 좋아하는 것 아니오, 가주? 이러면 벌주가 아닌데."

술잔 가득 술을 따른 한백이 미소를 짓자 단숨에 잔을 비운 한호가 다시 잔을 내밀며 말했다.

"제게 뭐라 하지 마십시오. 검남춘은 숙부께서 직접 준비하신 겁니다."

"숙수에게 미리 손을 써 놓은 것은 아니고?"

"설마요."

한호가 정색을 하며 도리질을 치는 모습에 곳곳에서 웃음이 터져 나왔다.

한백으로부터 석 잔을 술을 받아든 한호는 이후에도 만화정에 모인 이들로부터 벌주를 빙자한 술을 잔뜩 마셔야 했다.

그렇게 서로서로 몇 순배의 술이 돌고나자 만화정을 휘감고 있던 긴장은 완전히 풀어지고 다들 짧은 시간 동안 이룩한 천추세가의 엄청난 성과에 대해 웃고 떠들어댔다.

하지만 오직 한 사람 분위기에 어울리지 못하는 사람이 있었다.

이자웅과의 싸움에서 큰 부상을 당하고 이를 치료하느라 지난밤에야 비로소 천추세가에 도착한 군림대주 한경이었다.

때마침 분위기를 바꿀 때가 되었다고 여긴 한호가 한경을 슬쩍 바라보며 입을 열었다.

"다친 곳은 다 나았느냐? 꽤나 고생을 했다고 들었다."

순간, 들떠 있던 만화정의 분위기가 언제 그랬냐는 듯 착 가라앉았다.

"뭐, 그런대로 나았습니다."

한경이 시큰둥한 표정으로 대답했다.

무례하기 짝이 없는 그의 대답에 몇몇 사람의 안색이 싹 변했지만 대다수는 그러려니 했다.

애당초 그것이 어려서부터 한호를 추종하던 한경의 성격

이었고 한호는 물론이고 그 깐깐한 소숙까지도 전혀 문제 삼지 않았기 때문이었다.

"네가 싸웠던 상대가……."

"철혈독심이라고 생긴 건 꼭 쥐새끼처럼 생겼는데 꽤나 강하더만요."

"꽤나 강한 정도가 아니지. 천하의 군림대 대주의 몰골을 그리 만들 정도면 말이야."

"비웃지 마십시오. 그 작자도 멀쩡하지는 않으니까."

한경이 인상을 구기며 말했다.

"그래."

한경이 이자웅과 양패구상을 했음을 알고 있던 한호가 피식 웃으며 고개를 끄덕였다.

"혈사림을 접수하는 데 실패한 것은 그렇다 치고 피해는 어느 정도나 되는데?"

화산파와 황하련의 뒤를 쫓다 가장 늦게 도착한 구룡상회 회주 한회가 조금은 굳은 얼굴로 물었다.

"삼 할 정도."

"삼 할… 이나?"

한회의 음성이 살짝 떨렸다.

삼 할이 목숨을 잃었다면 최소한 그 배에 달하는 인원이 크고 작은 부상을 당했을 터. 군림대의 전력을 감안했을 때 상당한 피해가 아닐 수 없었다.

"그래. 무엇보다 안타까운 것은 인허 영감까지 목숨을 잃었다는 거지."

"뭐? 인허 장로께서 목숨을 잃었다는 거야?"

한회가 깜짝 놀라 되물었다.

만화정에 모인 이들 중에서도 아직 그의 죽음을 알지 못하고 있던 이들이 꽤 있었는지 곳곳에서 안타까운 탄성이 터져 나왔다.

"원래 앞으로 나서지 않는 영감인데 우리가 정신없이 싸우는 동안 불의의 일격을 당하고 말았어."

한경이 힘없이 말했다.

"후~ 이런 안타까운 일이. 인허 장로라면 본가에서 없어서는 안 되는 인물이었는데."

인허의 지모를 높이 사고 있던 한회는 몇 번이고 탄식을 하며 그의 죽음을 안타까워했다.

한회와 한경, 두 사촌의 대화를 묵묵히 듣고 있던 한호가 술잔을 빙글빙글 돌리며 말했다.

"혈사림의 피해가 극심했다고 하니까 그걸로나마 위안을 삼으면 되겠지. 그나저나 묘한 일이야."

"뭐가요?"

한경이 물었다.

"유대웅 말이다. 그 친구와 연계된 모든 일이 실패를 하는 것 같다. 본가의 천적이라고 해도 과언이 아닌 것 같아."

한호가 쓴웃음을 지으며 말했다.

다들 침묵을 지켰다.

패왕사에 이어 혈사림에서의 패배, 그리고 사문인 화산파가 기습적으로 탈출을 했고 추격을 했지만 결국 간발의 차이로 놓친 일까지 더하면 유대웅과 연관이 있는 모든 일에 실패를 했다는 한호의 말에 틀린 것이 없었다.

"그나저나 가주께선 혈사림을 어찌 처리하실 생각입니까? 오늘의 원한이 차후에 큰 우환이 되어 돌아올 수 있습니다."

용천방주 악기가 물었다.

그때, 한호의 눈짓을 받은 소숙이 대신 입을 열었다.

"독안마가 쓰러지면서 반란의 불씨는 사그라들었다고는 해도 그와 같은 인물이 언제라도 등장할 수 있는 것이 혈사림이오. 취운각의 분석에 따르면 삼태상의 능력으로는 그들 모두를 제어할 수 없소. 지금 당장이야 본가에 대한 경계로 힘을 합칠 수는 있겠지만 시간이 지나면 다시금 분열을 일으킬 것이오."

"물론 사부께서 손을 쓰시겠고요."

한호의 의미심장한 웃음에 소숙이 힘차게 고개를 끄덕

였다.

"그게 이 늙은이가 할 일이니까요. 아무튼 현 시점에서 혈사림은 큰 문제가 아닙니다. 가장 큰 문제는 바로……."

"장강수로맹!"

유대웅에게 뼈저린 패배를 당한 양조굉과 한경이 약속이라도 한듯 동시에 외쳤다.

"그렇습니다. 패왕사에 이어 혈사림에서까지 활약을 펼쳤으니 사람들의 뇌리에 유대웅이란 이름이 제대로 각인되었을 것입니다. 아울러 마황성과 더불어 본가에 대항할 수 있는 인물로 부각이 되겠지요. 보고에 따르면 군웅이 장강으로 대거 몰리고 있다고 합니다."

"당장 놈들을 쳐야지요."

태상호법 언극이 불쾌해진 얼굴로 소리쳤다.

"자네에겐 일전에 한번 말한 것 같은데 지리적 여건이 좋지 않아. 장강, 게다가 군산이라는 곳에 위치한 장강수로맹을 치기엔 상당한 무리가 따르지."

"그렇다고 이대로 두고 볼 수는 없는 것 아닙니까?"

"당연히. 바로 그런 논의를 하자고 이 자리에 모인 것이지 않은가? 앞으로 본가가 나아가야 할 방향을 제시하는 것과 더불어서 말이야."

소숙과 한호의 시선이 허공에서 얽혔다.

한호가 살짝 고개를 끄덕이자 소숙이 갑자기 취운각주의 이름을 불렀다.

"모진."

말석에 앉아 있던 모진이 벌떡 일어났다.

"예, 군사님."

"시작해라."

"알겠습니다."

미리 준비를 하고 있던 듯 재빨리 자리를 벗어난 모진이 만화정 한쪽 구석으로 가더니 기둥에 둘둘 말려 있던 양피지를 풀었다.

그러자 중원을 한눈에 볼 수 있는 거대한 지도가 모습을 드러냈다.

지도에는 각 지역의 중요한 도시 이름과 더불어 산재해 있는 수많은 문파의 이름이 표시되어 있었다.

"여러분도 아시다시피 장강을 기준으로 북쪽은 본가가 완전히 석권을 했다고 해도 과언이 아닙니다. 정무맹은 일패도지하여 일부 잔당만이 남은 상태고 구파일방을 대표하는 소림사는 봉문을 했고 무당파와 개방도 괴멸이 되었습니다. 오대세가의 일원인 하북팽가, 황보세가, 백리세가도 사실상 사라졌습니다. 그리고……."

모진의 설명이 빠르게 이어졌다.

그 짧은 시간 동안 얼마나 많은 문파를 쓰러뜨리고 굴복시켰으며 천추세가에 끝까지 대항한 문파들과 그들의 최후까지도 빠짐없이 자세히 설명을 했다.

그것만으로도 일각이 넘는 시간이 흐를 정도였는데 특히 불사완구의 활약에 대해 언급을 할 때는 다들 탄성과 함께 그토록 막강한 무기를 손에 넣은 천검을 부럽다는 얼굴로 바라보았다.

첫 패배라고 할 수 있는 패왕사의 일을 거론할 때 양조굉은 차마 고개를 들지 못하고 거푸 술만 들이켰다.

당시 잃은 천추세가의 병력이 장강이북을 공략하는 데 발생한 전체 피해의 절반을 상회한다는 말엔 모두들 경악을 금치 못했다.

화산파와 황하련이 기습적으로 도주를 감행했고 필사적으로 쫓았지만 간발의 차이로 놓치고 말았다는 설명이 이어졌을 땐 아쉬워하는 탄식과 함께 답답함을 참지 못한 이들 대다수가 술잔을 들었다.

"…해서 소림사가 봉문을 깨지 않는 한 현재 본가에 대항할 수 있는 문파는 없습니다."

모진의 말이 끝나기가 무섭게 좌청패가 물었다.

"방금 전, 정무맹의 잔당과 개방이 연계하고 있다는 말을 하지 않았느냐?"

"예."

"그놈들이라면 충분히 문제가 될 것 같은데 너무 쉽게 생각하는 것은 아닌지 모르겠다."

"그들의 움직임은 일찍부터 파악하고 있었습니다. 그저 일부러 방치를 하고 지켜보고 있을 뿐이지요."

"일부러 방치를 해? 무슨 소리냐?"

"키워서 잡아먹으려고 한 것입니다."

대다수의 사람이 모진의 말을 이해한 듯 보였으나 좌청패는 여전히 이해를 하지 못하겠다는 이마를 찌푸렸다. 그러자 소숙이 모진을 대신해 입을 열었다.

"흩어져 있는 잔당들이 한데 모이기를 기다리고 있다는 말이오. 그리고 우리의 예상대로 장강수로맹으로 향한 일부 인원을 제외하고는 당시 탈출에 성공했던 대다수의 잔당이 한데 모였고. 그들 덕에 삼불신개의 지휘 아래 피해를 수습하고 있는 개방까지 완벽하게 파악이 되었소."

"아! 한꺼번에 쓸어버리겠다는 말이었군요."

비로소 이해를 한 좌청패가 감탄했다는 얼굴로 크게 고개를 끄덕였다.

"하면 그자들은 언제 정리하는 것입니까? 장강수로맹을 치려면 미리미리 정리를 해야 하지 않습니까?"

뇌화문주 허량이 물었다.

"정무맹의 잔당과 개방을 정리하기 위한 병력은 이미 움직였소. 어쩌면 지금쯤 공격이 시작되고 있을지도 모르겠구려."

소숙의 말에 다들 깜짝 놀란 반응을 보였다.

"하지만 개방에는 삼불신개가 있습니다. 무림십강에서 상위에 꼽히는 인물입니다. 부담이 크지 않겠습니까?"

하후천의 걱정이 담긴 물음에 한호가 미소를 지으며 대답했다.

"너무 걱정 마십시오. 삼불신개가 강하다는 것은 알고 있지만 우리 쪽에서도 그에 못지않은, 아니, 능가하는 고수가 움직였습니다."

"그가 누구기에……."

하후천은 물론이고 만화정에 모인 모든 이의 얼굴에 의혹이 가득 일었다.

천추세가엔 고수라 스스로 자부하고 또 객관적으로 인정해 줄 만한 인물은 부지기수로 많았지만 그럼에도 삼불신개와 싸워 이길 수 있다고 장담할 수 있는 사람은 가주를 제외하고 아무도 없었다.

"주위를 둘러보십시오. 이 자리에 당연히 있어야 함에도 보이지 않는 사람이 있을 것입니다."

천천히 고개를 돌려 만화정에 모인 이들의 면면을 살피

던 하후천은 한호가 말하는 사람이 누군지 금방 눈치챘다.

"그러고 보니 철검서생이 보이지 않는군요."

한호의 말에 다들 한마디씩 던졌다.

"어, 그러게."

"식객청의 주인이 없었군."

"이거야 원. 원래 말이 없던 사람이라지만 지금껏 눈치를 채지 못했으니."

철검서생의 움직임을 미리 언질 받았던 양조굉이 쓴웃음을 지으며 술잔을 들었다.

웅성거림이 가라앉을 즈음 한호가 입을 열었다.

"아는 사람은 알고 있겠지만 패왕사에서 조금 문제가 있었소. 당시 상황을 감안해 보았을 때 충분히 이해가 가능한 일이었지만 큰 틀에서 보자면 철검서생은 분명 실수를 한 것이오. 그렇다고 문책을 하기도 애매하고 해서 본 가주는 그가 이번 기회에 공을 세워 당시의 실수를 만회할 기회를 줄 생각이라오."

"하지만 문제는 그가 과연 삼불신개를 상대할 수 있느냐는 것입니다. 물론 천검서생의 무공은 의심할 여지가 없습니다. 무림십강의 일원으로서 여기 있는 누구보다 강하다는 것도 인정합니다. 그렇다 해도 상대는 그보다 더 강하다고 알려진 삼불신개입니다. 공을 세워 지난 실수를 만회한다고 괜히 무리를 하다간…….”

한호가 하후천의 말을 잘랐다.

“두고 보시면 알게 되실 겁니다. 장담컨대 삼불신개는 철검서생의 상대가 될 수 없습니다.”

하후천은 자신만만한 한호의 태도에 문득 궁금증이 일었지만 그럴 만한 이유가 있으리란 생각에 더 이상 언급을 자제했다.

“취운각주가 말했듯이 정무맹과 개방의 잔당이 무너지면 장강이북에서 더 이상 본가에 대항할 수 있는 세력은 없다고 해도 과언이 아니오. 사소한 일들이야 있을 수 있겠지만 그 또한 큰 문제는 될 수 없을 터. 이제 본격적으로 장강이남을 공략할 때가 된 것이오.”

소숙의 말에 저마다 눈빛을 빛냈다.

이미 큰 공을 세운 이들은 더 큰 공을 위해서, 생각만큼 별다른 활약을 하지 못한 이들은 이번 기회를 살려 장차 무림을 장악할 천추세가에서 자신의 입지를 제대로 다져야겠다는 꿈에 부풀었다.

“목표는 당연히 장강수로맹이겠지요?”

장로 목유승이 물었다.

“당연하겠지요. 놈들이 장강을 장악하고 있는 한 장강이남을 도모한다는 것은 불가능에 가까운 일. 우선적으로 쳐야 할 것입니다."

신도무쌍(神刀無雙) 우문창(宇文彰)이 당연하다는 듯 목소리를 높였다.

"우 호법의 말에 동감이외다. 지리적으로 공격하기가 까다롭기는 하나 그렇다고 물러설 수야 없지요. 최소한 주변을 완벽하게 봉쇄라도 해야 할 것입니다."

철검서생을 대신해 식객청을 대표하고 있는 남해검군(南海劍君) 두보근(杜普根)이 우문창의 의견에 힘을 보탰다.

"가주께선 어찌 생각하시오?"

소숙이 하후천에게 물었다.

잠시 생각에 잠겼던 하후천이 대답을 했다.

"여러분들의 의견대로 확실히 장강수로맹은 위험한 곳이오. 반드시 무너뜨려야 하는 곳이기도 하고. 하지만 장강이라는 지리적 요인 때문에 공격하기가 그만큼 까다롭다는 것은 다들 아실 터. 당장 무리를 해서 공격을 하기보다는 최대한 견제를 하며 다른 곳을 우선적으로 쳐야 한다고 보오."

"다른 곳이라면 어디를 말씀하는 것이오?"

우문창이 조금은 불쾌한 얼굴로 물었다.

천천히 자리에서 일어난 하후천이 모진의 곁으로 다가갔다. 그리곤 한걸음 비껴선 모진의 자리에서 서서 지도를 가리켰다.

"우선적인 목표는 황산(黃山)의 서문세가(西門世家)가 될 것이고 그 아래로 보타산(普陀山)에 자리한 검각(劍閣), 제도문(帝刀門), 금환문(金環門) 등을 쳐야 하오. 그리고 장강수로맹만큼이나 위험한 남궁세가까지."

남궁세가라는 말에 다들 인정한다는 표정을 지었다.

"세가 약해진 혈사림까지 공략하여 무너뜨릴 수 있다면 금상첨화일 것이오."

"확실히 짚고 넘어가야 할 문파긴 하오만 그들을 쓰러뜨리려면 상당한 병력을 동원해야 하오. 하면 장강수로맹이나 여타 문파들이 이를 두고 보지만은 않을 터. 지원군을 보낼 수도 있고 아예 장강을 넘어 기습적으로 공격을 해올 수가 있소."

남해검군이 다소 회의적인 어투로 말했다.

하후천이 뭐라 대답을 하려는 찰나 한호가 먼저 입을 열었다.

"굳이 많은 병력을 움직일 필요는 없을 것 같소. 속전속결. 장강수로맹에서 미처 대응하기도 전에 쓸어버리면 되니까."

"하지만 그들 모두 만만치 않은……."

"천검이 움직이면 되지 않겠소?"

모두의 눈이 말석에 앉아 있는 천검에게 쏠렸다. 그리곤 그의 휘하에 있는 멸혼과 불사완구를 떠올리곤 저마다 고개를 끄덕였다.

"군림대는 또 어떻소?"

천검에게 향했던 시선이 이번엔 한경에게 쏠렸다.

"언제라도 맡겨만 주십시오!"

혈사림에서 쓰디쓴 실패를 맛본 한경이 벌떡 일어나며 전의를 다졌다.

"거기에 그들을 지휘하는 사람이 본 가주라면? 그리되면 천위영도 움직이는 셈인가?"

한호는 대수롭지 않다는 얼굴로 말을 했지만 듣고 있는 이들의 반응은 그럴 수가 없었다.

"가, 가주께서 직접 원정길에 나서신다는 말씀입니까?"

좌청패가 놀란 입을 다물지 못하고 물었다.

"안 될 것 없지 않소."

"너무 위험합니다. 차라리 제가 다녀오겠습니다."

언극이 당치도 않다는 듯 도리질을 쳤다.

"동감입니다. 불사완구와 군림대가 무적이라고는 해도 적진 한가운데로 뛰어드는 원정길입니다. 어떤 변수가 있을지 모르는 상황에서 가주께서 직접 움직이신다는 것을 있을 수 없는 일입니다."

양조굉마저 정색을 하며 반대의 의견을 표하자 만화정에 모인 이들 대다수가 그를 거들고 나섰다. 심지어 의견을 냈던 하후천마저 우려의 얼굴로 만류를 했다.

모든 이의 의견이 하나도 모였음에도 한호는 눈 하나 깜짝하지 않았다.

한걸음 떨어져 상황을 지켜보던 소숙은 별다른 동요가 없는 한호의 얼굴을 보며 한숨을 내쉬었다.

사실 회합이 있기 며칠 전부터 소숙은 장강이남을 공략할 최선의 방법을 찾기 위해 고심에 고심을 거듭했다.

나흘간의 숙고 끝에 너무도 위험한, 그러나 성공만 하면 확실한 효과가 있는 작전 하나를 구상하는 데 성공했다.

방금 전 하후천이 낸 의견과 비슷은 하지만 차원이 다른 계획.

한데 문제는 전혀 예상치 못한 곳에서 터져 나왔다.

작전 계획을 들은 한호가 직접 병력을 이끌고 작전에 참여하겠다고 나선 것이었다.

실패할 가능성이 상당한, 성공을 하더라도 엄청난 피해가 예상되는 작전이었다.

한호는 자신이 직접 나서는 것이 성공 확률을 높이고 피해를 최소화할 수 있다는 말로 소숙을 설득하려 하였으나 그 말에 동의를 하면서도 소숙은 반대를 할 수밖에 없었다.

다른 사람도 아니고 천추세가의 가주를 그런 위험한 작전에 노출시킬 수는 없었기 때문이었다.

하지만 이미 결심을 굳힌 한호는 요지부동이었다.

결국 한호의 고집에 손을 들은 소숙은 이후, 어떻게 하면 보다 작전의 성공 확률을 높이고 가주의 안전을 도모할 수 있는지를 연구하기 위해 며칠 밤을 새워야만 했다.

지금 만화정에서 오고가는 말들은 말 그대로 서로의 의견을 주고받는 것에 불과할 뿐 사실상 장강이남의 공략 방법은 이미 마련된 상태였다.

그것을 가장 먼저 눈치챈 사람은 한백이었다.

한호의 자신감 넘치는 눈빛에 연신 한숨을 내쉬는 소숙의 태도를 보며 둘 사이에 뭔가가 있다는 것을 간파한 한백이 슬그머니 물었다.

"가주가 그렇게까지 말을 하는 것을 보니 어떤 확신이 있는 것 같소. 아니, 그보다는 뭔가 좋은 방법이라도 연구한 모양이오."

한호는 마치 그런 질문을 기다렸다는 듯 밝은 음성으로 대답했다.

"역시. 제 마음을 알아주는 사람은 숙부님밖에 없는 것 같습니다. 맞습니다. 좋은 계획이 하나 있지요."

"그게 어떤 계획인지 들어도 되겠소?"

"물론입니다. 사실 특별할 것은 없습니다. 하후세가의 가주께서 말씀하신 것과 거의 비슷하니까요."

"아! 그래서 그렇듯 적극적으로 나선 것이었구려."

한백이 이해가 간다는 듯 고개를 끄덕였다.

하지만 이어진 한호의 말에 한백은 물론이고 소숙을 제외한 만화정에 모인 모든 이가 경악을 금치 못하는 상황이 벌어졌다.

"그저 목표가 바뀔 뿐입니다."

한호가 들고 있던 술잔을 획 뿌렸다.

부드럽게 허공을 유영하며 날아간 술잔이 지도 한곳에 툭 부딪치며 떨어졌다.

바닥에 떨어진 술잔이 요란한 소리를 내며 만화정 바닥을 굴렀다.

아무도 입을 열지 못했다.

그저 믿기지 않는다는 얼굴로 지도를, 그리고 환히 웃는 한호의 얼굴을 번갈아 바라볼 뿐이었다.

*　　　*　　　*

장강수로맹의 총단이 있는 군산.

과거엔 한낱 수적들의 소굴로서 폄하된 곳이었지만 유대

웅이 장강을 일통하고 이후, 욱일승천하는 기세로 무림을 휩쓸던 천추세가의 행보를 거푸 꺾으면서 작금에는 폭풍의 핵으로 등장했다.

호사가들은 정무맹이 무너지고 혈사림마저 초토화가 된 지금 천추세가와 마황성, 장강수로맹을 새로운 무림삼세로 치켜세우며 경이로운 눈으로 장강수로맹을 주시하고 있었다.

천추세가의 위협이 거세질수록 장강수로맹은 그 반사적인 효과를 누리고 있었다.

정무맹에서 화산파 제자들과 함께 탈출한 묵검단이 합류를 했고, 적의 포위망 속에서 탈출에 성공한 화산파와 황하련의 무인들이 바닷길을 통해 극적으로 장강에 도착을 하며 세를 키웠다.

멸문지화를 당한 줄 알았던 하북팽가의 적자 팽염을 비롯하여 천추세가의 공격에 기반이 뿌리째 뽑히고 간신히 목숨을 구해 도망친 많은 무인이 복수를 다짐하며 장강수로맹에 몸을 의탁했다.

아직 공격을 받지 않았음에도 곧 있을 위험을 두려워한 장강이남의 많은 문파가 장강수로맹과의 연대를 강화하기 위해 속속 사자를 보내왔는데, 무엇보다 고무적인 것은 강남의 맹주라고 할 수 있는 남궁세가가 장강수로맹을 인정하며 정식으로 도움을 요청했다는 것과 비록 여러 가지 이유로 공식적으론 공표하지 못했지만 마황성의 지지까지 이끌어 냈다는 것이었다.

그렇게 적극적으로 세를 불리고 있던 장강수로맹에서도 천추세가와 마찬가지로 중대한 결정이 내려지고 있었다.

"불가하다."

자우령이 경악에 가까운 얼굴로 소리쳤다.

비단 자우령뿐만이 아니라 함께 있는 이들 또한 기절할 듯 놀라며 고개를 저었다.

그나마 평정심을 유지하고 있는 사람은 황하련주 백규뿐이었다.

"참회옥(懺悔獄)이 어떤 곳인지는 알고 그러는가? 마황성의 염라옥 이상으로 악명을 떨치는 곳이네. 대체 뭘 참회하라는 것인지 모르지만 참으로 많은 이가 참회옥에 갇혀 목숨을 잃었지. 망할 놈의 정무맹 놈들. 참회옥을 전가의 보도처럼 휘두르던 자들에게 동조하던 이들이 그곳에 갇힌 것을 보면 그것도 웃기는 일이야."

쌓인 것이 많은지 백규의 음성이 험악해졌다.

"련주님."

유대웅의 부름에 자신의 말이 조금 과했다는 것을 느낀 백규가 헛기침을 하며 말을 돌렸다.

"험험, 아무튼 언제 적들이 들이칠지 모르는 상황에서 우리 모두를 이끌어야 할 맹주가 자리에 없다는 것은 있을 수 없는 일이네."

"두 분이 계시지 않습니까? 두 분이 계시지 않았다면 어림도 없는 계획이었습니다. 두 분이 함께라면 설사 천추세가의 가주가 직접 이곳을 공격해 온다고 하더라도 충분히 막을 수 있습니다."

유대웅이 백규와 뇌하를 번갈아 바라보며 말했다.

"홍! 설마하니 우리보고 합공을 하라는 말은 아니겠지?"

뇌하가 코웃음을 치며 물었다.

"그럴 꼴사나운 짓을 할 생각은 없네."

백규도 고개를 흔들었다.

"단독으로 그를 상대할 수는 없⋯⋯."

뇌하와 백규의 안색이 굳어지는 것을 본 유대웅은 그냥 입을 다물었다.

괜시리 그들의 자존심을 건드려서 좋을 것은 없다고 판단한 것이다.

"도대체 무슨 생각으로 그런 결정을 내린 것입니까? 그 이유를 알고 싶습니다."

마독이 침착한 음성으로 물었다.

"세 가지 이유가 있습니다."

"허! 세 가지씩이나."

뇌우가 야유하듯 소리쳤다.

"마 장로님께선 현 시점에서 우리에게 가장 먼저 해결해야 할 일이 무엇이라고 보십니까?"

"글쎄요. 놈들에 비해 병력이 부족하다는 것? 솔직히 지리적 이점 때문에 그렇지 이곳이 평범한 육지에 있는 곳이었다면 공격을 받아도 진즉에 받았을 것입니다. 그만큼 저들의 힘은 압도적이지요. 특히 불사완구라 불리는 괴물의 위력은 상상 밖입니다."

자기가 원한 대답이 아니라는 듯 유대웅이 고개를 흔들었다.

"말씀하신 대로 전체적인 전력의 차이는 큽니다. 하지만 그보다 먼저 해결해야 할 일이 있습니다."

잠시 생각을 하던 마독이 다시 대답했다.

"혹 혈고를 말씀하는 겁니까?"

"맞습니다. 수많은 문파, 무인들이 천추세가에 굴복했습니다. 과연 그중에서 얼마나 많은 이가 천추세가에 진심으로 굴복한 것일까요?"

"……"

"천추세가가 장강이북을 그토록 빠른 시간 안에 평정할 수 있었던 것은 혈고를 통해 충성을 종용한 방법이 제대로 통했기 때문으로 알고 있습니다. 물론 호가호위(狐假虎威)하기 위해 스스로 굴복한 자들도 상당하겠지만 저는 그렇지 않은 문파들도 많을 것이라 봅니다."

"일리가 있는 말이군. 한번 혈고에 당하면 빠져나올 방법이 없으니까."

무겁게 고개를 끄덕인 자우령이 당가로 복귀하지 않고 여전히 군산에 남아 있는 당학운에게 고개를 돌렸다.

"당가에서 연구를 한다고 들었는데 어떤가?"

"아직 별다른 진전이 없습니다. 솔직히 연구를 할 수 있는 혈고의 숫자도 부족하고 시간도 없습니다. 성수의가에서도 전력으로 도와주고 있지만 큰 성과는 없는 것으로 압니다."

"독이나 약물을 이용하여 제거할 수는 없는 것인가?"

"몸속에 침투한 혈고만 없애는 방법은 아직 발견하지 못했습니다. 약물로서 혈고의 감각을 다소 둔화시키는 방법을 찾아내긴 했지만 별 의미는 없고요."

"안타깝군요. 맹주님의 말씀대로 혈고만 제대로 제거할수 있다면 당장 천추세가를 향해 검을 들이댈 문파와 무인들이 부지기수일 터인데요."

단혼마객이 장탄식을 내뱉었다.

"그래서 제가 방법을 찾고자 가려는 것입니다."

"그곳에 무슨 뾰족한 방법이라도 있다는 말이냐?"

뇌우가 얼른 물었다.

"뾰족한 방법은 모르겠지만 참회옥엔 방법을 알 만한 사람이 있습니다."

"그게 누군가?"

당학운이 상체를 앞으로 숙이며 물었다.

"혈고를 대량으로 배양해서 천추세가에 넘긴 자지요."

"광… 의?"

"그렇습니다."

"천추세가에 처박혀 있다고 하지 않았나? 천추세가에서도 특별히 보호하고 있고."

"그가 천추세가에서 나와 이미 오래전부터 그곳에서 거주하고 있다는 것이 확인이 되었습니다."

"흠. 그 정보가 틀림없다면 확실히 좋은 기회이기는 하군. 불사완구를 만든 자이기도 하니 어쩌면 불사완구의 약점을 알아낼 수도 있을 것이고."

백규의 말에 유대웅이 기다렸다는 듯 입을 열었다.

"그래서 제가 직접 가려는 것입니다. 첫 번째 이유지요."

"그렇다고 해도 맹주가 직접 움직이는 것은 무리가 있네."

"아직 모든 이유를 말씀드리지 않았습니다."

"말해 보게."

유대웅의 표정이 살짝 굳었다.

"둘째로는 바로 그곳에 저를 살리기 위해 희생을 무릅쓴 분들이 포로로 잡혀 있다는 것을 확인했기 때문입니다."

유대웅이 당학운을 바라보며 말을 이었다.

"당곤 어르신께서도 그곳에 생존해 계십니다."

당학운의 몸이 튕기듯 일어났다.

"뭐, 뭐라고? 지, 지금 뭐라 했는가? 대장로께서, 당숙께서 살아 계시다는 말인가?"

죽은 줄만 알았던 당곤이 살아 있다는 말에 당학운은 전신을 부르르 떨었다.

"예. 확실합니다."

"그랬군, 그랬어. 암, 그분께서 그리 허무하게 돌아가실 리가 없지. 본가에서 알면 얼마나 기뻐할 것인가!"

당학운의 노안에서 눈물이 흘러내렸다.

"제가 직접 가야 하는 두 번째 이유입니다."

"음."

기뻐하는 당학운을 보며 뇌우 등은 차마 입을 열지 못했다.

"세 번째 이유로는 그곳에 갇혀 있는 포로들을 구할 수 있다면 전력에 큰 보탬이 되기 때문입니다."

"그렇기는 하지만 설사 포로들을 구한다고 해도 이곳까지 무사히 도착할 수 있을지 걱정이 됩니다."

마독의 말에 평소와는 다르게 지금껏 침묵을 지키고 있던 장청이 입을 열었다.

"일단은 새롭게 정비되고 있는 정무맹과 연결하여 그쪽에 도움을 줄 생각입니다. 삼불신개 어르신과도 어느 정도 얘기가 된 상태입니다."

"흠, 군사는 이미 알고 있었던 모양이군."

마독의 말에 이어 뇌우가 수상하다는 눈빛으로 장청을 쏘아보았다.

"이번 계획 자체를 네가 세운 것 아니냐?"

뇌우를 향해 고개를 돌린 장청이 무심히 한마디를 던졌다.

"죽을 만큼 반대했습니다."

"그, 그래."

뇌우는 무심함을 넘어 해탈의 경지에 이른 장청의 표정을 보고 괜히 미안한 마음이 들었다.

장청의 성격상 유대웅을 위험에 빠뜨리는 계획을 결코 쉽게 허락할 리 없다는 것을 잠시나마 간과한 것이다.

그리고 장청이 포기한 이상 그 누구도 유대웅의 결심을 말릴 수 없다는 것을 깨달았다.

　　　　　*　　　*　　　*

　파스스스!

　대기를 가르는 날카로운 파공성과 함께 청명한 검기가 삼불신개를 향해 날아들었다.

　헛바람을 내뱉은 삼불신개가 좌우로 몸을 흔들며 공격을 피하더니 곧바로 역습을 감행했다.

　어느새 방향을 바꾼 검이 그의 움직임을 제어했다.

　삼불신개는 무지막지할 정도로 강력하게 압박을 해오는 철검서생의 공격에 숨이 콱 막히는 느낌을 받았다.

　벌써 수십여 초를 교환했지만 시간이 지나면 지날수록 철검서생의 공세는 강력해지고 빈틈마저 사라지고 있었다.

　피가 나도록 입술을 깨문 삼불신개가 타구봉을 미친 듯이 흔들며 동시에 통천지를 날렸다.

　땅!

　섬뜩한 느낌에 검을 치켜든 철검서생의 몸이 휘청거렸다.

　한낱 지풍(指風)에 실린 힘이 어찌나 강력한지 검을 움켜쥔 손이 충격으로 인해 얼얼할 지경이었다.

　하지만 그것이 끝이 아니었다.

살기가 너무 짙어 개방에서도 금기하고 있던 통천지.

빗장이 풀린 통천지의 위력은 싸움의 양상을 바꿔 버릴
만큼 위력적이었다.

방향을 예측할 수도 없거니와 마치 생명이 깃들어 있는
듯 교묘하게 방향을 틀며 접근하는 통에 그 움직임을 도저
히 예측하기가 힘들었다.

수십 가닥의 지풍이 철검서생의 목숨을 노리며 짓쳐 들
었다.

철검서생은 생각할 겨를도 없이 본능적으로 검을 휘둘렀
다.

군자팔검의 일곱 번째 초식인 화련만개(華蓮滿開).

화려한 검화가 허공에 피어오르고 통천지와 정면으로 맞
부딪쳤다.

퍽! 퍽! 퍽!

허공을 뒤덮은 검화가 삼불신개가 발출한 통천지의 공격
을 모조리 무력화시켰다.

"허!"

삼불신개의 입에서 절로 탄성이 터져 나오고 기세를 탄
철검서생이 동작을 이어갔다.

파암단악(破岩斷岳).

말 그대로 바위를 부수고 산을 가른다는 힘이 삼불신개

를 향해 날아갔다.

삼불신개도 피하지 않고 타구봉을 휘둘렀다.

꽝!

엄청난 충돌음과 함께 삼불신개의 몸이 한참이나 밀려났다.

"우웩!"

겨우 중심을 잡고 버틴 삼불신개의 입에서 검붉은 피가 쏟아져 내렸다.

"크으으."

삼불신개는 입을 타고 흐르는 핏물을 닦을 여유도 없이 경악에 찬 얼굴로 철검서생을 바라보았다.

사량발천근의 수법을 사용하여 대부분의 힘을 흘려보냈음에도 이런 위력이라니!

"강해졌군. 아주 많이 강해졌어."

지금 철검서생의 무위는 자신이 알고 있던 과거의 철검서생과는 전혀 딴판이었다.

"과찬입니다."

철검서생이 거친 숨을 몰아쉬며 삼불신개만큼은 아니어도 상당히 지친 표정으로 대답했다.

삼불신개의 눈이 잠시 주변으로 향했다.

느닷없이 시작된 천추세가의 공격으로 전장은 이미 지옥

도로 변해 있었다.

정무맹의 무인들과 개방의 방도들이 최선을 다해 맞서 싸우고 있었지만 상황은 이미 돌이킬 수 없는 최악의 상태였다.

"허허! 결국 부처님 손바닥 안에서 놀아난 셈이로구나."

삼불신개의 입에서 허탈한 웃음이 흘러나왔다.

이제와 생각해 보니 정무맹에서 탈출한 이들이 세력을 규합하고 있음을 모를 리 없는 천추세가였다. 무너진 조직을 재건하는 개방의 움직임도 마찬가지였다.

'그럼에도 그냥 두고 보았다는 것은 바로 지금과 같은 상황을 만들기 위함일 터. 조그만 주의를 기울였다면 금방 눈치를 챘을 것을 노부가 너무 조급했다. 너무 조급했어.'

그리고 그 한 번의 실수로 인해 장강이북에서 천추세가에 대항할 수 있는 세력은 더 이상 존재하지 않을 것이다.

"허허허!"

삼불신개의 입에서 회환과 안타까움이 한데 뒤섞인 웃음이 흘러나왔다.

*   *   *

장강수로맹의 대소사를 결정하는 태호청.

장강수로맹의 수뇌들과 장강수로맹에 몸을 의탁하고 있는 군웅의 대표들이 한자리에 모였다.

매일 같이 크고 작은 회의가 이어졌고 회의의 안건 대부분이 천추세가의 동향에 대한 보고가 전부였지만 오늘만큼 분위기가 무거웠던 적은 없었다.

그동안 침묵을 지키던 천추세가에서 대대적인 움직임이 감지되었다는 보고가 올라왔기 때문이었다.

"천추세가의 병력이 움직이고 있습니다."

회의를 주관하고 있는 장청이 운을 뗐다.

"소문이 사실이었군. 얼마나 많은 병력이, 아니, 어디로 움직이고 있다더냐?"

뇌우가 물었다.

"거의 모든 병력이라고 보시면 맞을 것 같습니다. 그리고 딱히 한 곳이라 지정하기도 힘듭니다. 거의 전방위적으로 움직이고 있습니다."

"음."

뇌우의 입에서 신음이 흘러나왔다.

뇌우뿐만 아니라 태호청에 모인 모두의 얼굴이 하얗게 질렸다.

"하지만 현재까지 파악된 주력의 이동 경로를 보면 어느 정도 목적이 보입니다."

"이곳이더냐?"

자우령이 물었다.

"그렇습니다."

순간, 태호청에 작은 소란이 일었다.

"구룡상회의 병력과 흑랑회의 낭인들은 무한으로, 천추세가 본진과 하후세가는 남경을 향하고 있습니다."

"구룡상회나 흑랑회는 몰라도 천추세가와 하후세가의 행보는 너무 막연하군. 남경이라면 이곳이 아니라 오히려 절강과 강서를 노리는 것 아닐까? 그곳에 산재해 있는 문파들의 규모와 수를 따져 봐도 결코 무시할 수 없는 수준이네. 만약 그들을 무시하고 이곳을 공격하려다간 뒤통수를 맞을 수도 있을 것이고."

팽염과 함께 장강수로맹에 합류한 팽은이 의문점을 제시했다.

"맞는 말이기는 합니다만 저는 분명 주력의 움직임이라고 했습니다."

"무슨 뜻인가?"

"남경을 향하는 이들이 비단 천추세가의 본진과 하후세가뿐만이 아니라는 것이지요. 그들에게 굴복한 무수한 문파의 무인들이 대거 남경으로 향하고 있습니다. 뒤통수를 친다고요? 천추세가를 따르는 무리들을 상대하기도 벅찰 것입니다."

"그, 그런 일이……"

팽은이 당황하여 뭐라 대꾸를 못하자 장청이 미소를 지으며 말을 이었다.

"물론 이 또한 가정입니다. 보다 확실한 것은 남경에 도착한 적의 주력이 과연 이쪽으로 방향을 트는지 아닌지 확인되었을 때가 될 것입니다."

"이미 몇 번의 실패를 경험한 천추세가에서 구룡상회와 흑랑회의 힘만으로 우리를 공격할 생각은 하지 않을 터. 십중팔구 방향을 틀겠군."

뇌우의 단언에 다들 동의한다는 듯 고개를 끄덕였다.

"용천방에 대한 언급이 없는 것 같은데 놈들은 어느 쪽으로 움직이고 있다던가?"

마독의 물음에 장청은 세가로 돌아가지 않고 여전히 군산에 머물고 있는 당학운을 슬쩍 바라보며 대답했다.

"그게 조금 묘합니다."

"묘하다니?"

"용천방은 다른 이들과는 달리 서남쪽으로 방향을 잡았습니다. 그들의 경로를 예상해 보건대 목적지는 대파산입니다."

"대파… 산?"

참으로 뜬금없는 장소였다.

누구보다 상황 파악이 빨랐던 마독마저도 고개를 갸웃거리릴 정도였다.

"주목할 점은 녹림십팔채의 산적들 또한 대대적인 움직임을 보여주고 있는데 목적지가 용천방과 마찬가지로 대파산으로 예측된다……."

장청의 말이 끝나기도 전에 당학운이 벌떡 일어났다.

"서, 설마. 사천을 노리는 건가?"

"그렇게 판단하고 있습니다."

장청의 대답에 태호청에 또 한 번 소란이 일었다.

당가와 아미파로 대표되는 사천무림의 힘은 장차 천추세가를 상대함에 있어 없어서는 안 되는 중요한 전력이었다.

한데 녹림십팔채와 용천방이 대파산을 넘어 사천으로 향하는 것이 확인된다면 그들의 지원을 기대하기란 사실상 불가능했다.

"군사의 말대로 그야말로 전방위적인 공격이로군. 하면 곧바로 공격이 시작되는 것인가?"

하연백이 턱밑까지 늘어진 백미를 가볍게 쓰다듬으며 물었다.

"정확히 판단하기는 힘듭니다만 당장 싸움이 일어날 것 같지는 않습니다, 장로님."

"그건 또 무슨 말인가? 저토록 대대적인 움직임을 보인 다면 전면전을 하자는 것이거늘."

"일단 전면전을 대비한 교두보를 확보하기 위함이라고 보시면 될 겁니다. 남경으로 향하고 있는 천추세가 본진의 움직임이 가장 큰 변수이기는 하나 후환을 제거되지 않는 한 싸움은 쉽게 일어나지 않으리라 봅니다."

"후환이라니?"

장청이 대답을 하려는 찰나 장청의 곁에 앉아 있던 팽윤이 조용히 끼어들었다.

"모용인 군사의 피나는 노력으로 흩어졌던 정무맹이 조금씩 부활하고 있습니다. 과거에 비할 바는 아니나 이미 상당한 힘을 회복했고요. 게다가 삼불신개께서 수습을 하신 개방도 있습니다. 천추세가는 이들을 정리하기 전엔 결코 싸움을 벌이려 하지 않을 것입니다."

"그렇군. 그들이 있었지."

하연백이 환한 얼굴로 고개를 끄덕였다.

아무리 힘을 회복한다고 해도 정무맹이 천추세가와 대적할 수 없다는 것을 모르는 사람은 없었지만 그래도 삼불신개라는 이름이 주는 무게감은 일말의 기대감을 갖게 만들기에 충분했다.

"하지만 반대로 생각해 볼 수도 있지."

나직한 음성에 태호청의 모든 시선이 쏠렸다.

황화련주 백규는 자신에게 쏟아지는 눈빛을 태연히 받아 넘기며 말을 이었다.

"놈들도 바보가 아닌 이상 그걸 모를 리 없다. 그럼에도 저토록 전격적인 움직임을 보인다는 것은 이미 모든 준비가 끝났다는 것은 아닐까? 어쩌면 우리가 눈치채지 못하는 사이 정무맹과 개방에 대한 공격이 시작되었을 수도 있겠고. 그렇게 된다면 군사의 말대로 단순히 교두보를 확보하는 움직임이 아니라 곧바로 치고 들어올 수도 있을 것이다."

"저희도 그런 생각을 하지 않은 것은 아닙니다. 하지만 삼불신개 어르신을 상대하려면 천추세가의 가주가 직접 움직이거나 최소한 장로급의 고수들이 대거 나서야 합니다. 천추세가의 주요병력과 인사들의 움직임을 살펴 보건데 삼불신개 어르신을 상대할 만한 이들은 움직이지 않았습니다."

"확실한 것이냐?"

"예. 천추세가의 동향에 모든 정보력을 집중하고 있습니다. 사소한 자들의 움직임은 몰라도 주요 인사들의 동향은 철저하게 감시를 하고 있습니다."

"흠. 그 자신감이 독이 되지 않았으면 좋겠구나."

백규는 그 말을 끝으로 입을 다물었다.

"그런데 말이다."

또 하나의 질문이 장청에게 향했다.

장강무적도 뇌하였다.

"철검서생은 요즘 뭐하고 있다더냐?"

"예?"

"철검서생은 뭐하고 있느냐고 물었다."

"일전에 패왕사에 있던 일로 추궁을 받고 칩거를 하고 있는 것으로 압니다."

"칩거? 제대로 확인을 한 것이냐?"

"사실 천추세가로 귀환한 이후, 일체의 움직임이 없어 그렇게 판단한 것입니다. 천추세가 내부에서 그에 대한 책임론이 있었던 것도 감안한 것이고요."

차분히 대답을 하기는 했지만 장청의 얼굴엔 어딘지 모르게 불안감이 깃들었다.

"자넨 어찌 생각하나?"

뇌하가 자우령에게 물었다.

"선배와 같은 생각입니다. 아무래도 위험하겠군요."

자우령이 굳은 얼굴로 대답했다.

"그렇지? 상황이 이렇게 되고 보니 그때 정말 쓸데없는 짓을 한 셈이 되었어. 삼불신개를 볼 면목이 없군."

뇌하와 자우령은 철검서생이 정무맹과 개방을 공격하기 위해 움직였다고 확신하는 것 같았다.

"철검서생이 삼불신개를 상대할 수 있단 말인가?"

백규가 물었다.

"당시의 실력 그대로라면 무리겠지만 지금이라면……."

뇌하가 말끝을 흐렸지만 그가 무슨 말을 하려한 것인지 이해하지 못하는 사람은 아무도 없었다.

"군사."

자우령이 착 가라앉은 음성으로 장청을 불렀다.

"예, 태상장로님."

"이 사실을 당장 정무맹과 개방에 알려라. 확실하다고는 할 수 없지만 가능성이 너무 높다."

"알겠… 습니다."

"혹, 그들을 지원할 방법은 없을까?"

"……."

장청은 침묵했다.

몇 번이나 권유를 했음에도 불구하고 위험을 무릅쓰고 장강이북에 남아 있는 것은 오롯이 그들의 선택이었다.

게다가 천추세가의 감시망을 뚫고 사실상 적진 한복판에 있는 그들을 지원하기란 요원한 상황이었다.

"어쨌든 전면전이 기정사실이 되었으니 우리도 준비를

해야 할 텐데 계획은 있느냐?"

뇌우가 장청에게 물었다.

"각 문파들을 향해 전령을 보냈습니다. 천추세가가 움직이는 것을 알았으니 곧 지원군을 보낼 것입니다."

"설마 은근슬쩍 외면하는 것은 아니겠지?"

"그럴 일은 없을 것입니다. 우리가 무너지면 천추세가의 행보를 아무도 막지 못하니까요. 그건 심지어 마황성에서도 인정한 사실입니다."

"그래도 이런 상황에서 우리가 아니라 굳이 남궁세가를 선택한 자들의 심리를 보면 참 묘한 것이야. 한심하기도 하고."

"어쩔 수 없지요. 저들의 입장에서 보면 장강수로맹의 시작 또한 일개 수채에서 시작된 것이니까요. 그나마 맹주님의 출신이 화산파였으니 망정이지 그렇지 않았다면 이만큼이나 지지를 받을 수도 없었을 겁니다."

"한심한 놈들."

뇌우의 외침에 태호청에 자리한 상당수의 인물의 낯빛이 붉어졌다.

그들 또한 얼마 전까지만 해도 장강수로맹을 바라보는 눈이 별반 다르지 않았다.

"그런데 이 많은 인원을 감당하려면 자금이 만만치 않게 소요될 터인데 걱정입니다."

백곤이 걱정스런 얼굴로 말했다.

"아직까지는 그럭저럭 견딜 만합니다."

담담히 대꾸하는 장청의 말에 다들 감탄을 금치 못했다.

최근 장강에서 심한 약탈이 사라졌고 대신 약간의 통행세를 받는 것이 정착되었는데 단지 통행세만으로 장강수로맹의 식솔들은 물론이고 계속해서 밀려드는 군웅들까지 감당하고 있다는 것에 놀라는 것이었다.

하지만 그들이 모르는 것이 있었다.

장강수로맹의 가장 큰 자금줄은 군산에서만 나는 특산물과 더불어 어느새 중원에서도 손꼽히는 상단으로 성장한 풍림상회라는 것을.

특히 최근 들어 풍림상회는 각종 이권을 두고 곳곳에서 구룡상회와 부딪치고 있었는데, 회주 종리구는 바로 지금이 풍림상회가 구룡상회를 뛰어넘어 중원 최고의 상회로 키울 수 있는 기회라 판단하여 장강수로맹에 대한 지원을 아끼지 않고 있었다.

"일단 큰 틀에서 적의 공격을 어찌 막아야 할지, 남궁세가와 마황성 등과는 어찌 연계를 하여 반격을 펼쳐야 하는지는 결정이 되었습니다. 다만 세부적인 것은 여러분들과 계속 논의를 해야 할 듯싶습니다."

장청의 말이 끝나기가 무섭게 온갖 의견이 쏟아지기 시작했다.

그 또한 거짓이었다.

유대웅이 참회옥으로 떠난 이후, 장청과 항몽, 팽윤은 몇 날 며칠 동안 밤을 새워가며 천추세가의 공격에 대비한 세부 계획까지 철저하게 세워놓은 상태였다.

그럼에도 군웅들의 의견을 구하는 형식을 취한 것은 그저 장강수로맹이 독단으로 모든 것을 결정하는 것이 아니라는 것을 심어주기 위함일 뿐이었다.

"그나저나 군사."

열띤 토론을 펼치던 노인 한 명이 장청을 불렀다.

"예. 어르신."

"맹주님의 폐관 수련은 언제쯤 끝나는 것이오? 적들이 몰려오고 있는 상황에서 폐관 수련이라니 조금 걱정이 되는구려."

순간, 태호청에 모인 모든 이의 시선이 장청에게 향했다.

장청은 안색 하나 바꾸지 않고 대답했다.

"천추세가 가주의 무공이 천하제일을 논한다는 것은 다들 아실 겁니다. 맹주께서 폐관에 드신 이유 또한 그를 상대할 방법을 찾기 위함이고요. 기다려 보시지요. 맹주님께선 반드시 천추세가 가주를 꺾을 비책을 들고 모습을 드러

내실 겁니다. 그동안 우리는 조금의 흐트러짐도 없이 적을
맞을 준비를 해야 할 것입니다."

장청의 말에 태호청의 분위기가 숙연해졌다.

"아무튼 저놈의 혓바닥은……."

뇌우가 질렸다는 듯 고개를 흔들었다.

바로 그 순간, 한 통의 전서가 태호청에 전해졌다.

부활을 꿈꾸고 있던 정무맹과 개방이 다시금 초토화가
되었으며 그들의 정신적 지주라고 할 수 있던 군사 모용인
과 삼불신개마저 목숨을 잃었다는 참담한 소식.

태호청이 싸늘하게 얼어붙었다.

적의 움직임이 단순히 교두보를 확보하기 위함이 아니라
는 것이 증명되었다.

폭풍이 몰려오고 있었다.

이전과는 비교도 할 수 없을 정도로 거대한 폭풍이.

第四十四章

염라옥(閻羅獄)

이미 한차례 혈풍이 쓸고 지나간 장강이북과 다가올 혈
풍을 기다리며 숨죽이고 있는 무림.

그런 긴박한 분위기와는 전혀 상관없이 평온한 일상을
보여주는 유일한 곳이 있다면 바로 마황성이었다.

천룡쟁투를 참관하기 위해 나섰던 적우와 고독검마가 유
대웅을 돕는 과정에서 잠시나마 천추세가와 충돌이 있었지
만 그것이 전부였다.

천추세가에선 굳이 마황성에 대해 적의를 드러내지 않았
고 마황성 또한 공식적인 입장은 무관심 그 자체였다.

하지만 천추세가가 무림제패를 위해서 반드시 넘어야 하는 거대한 벽이 마황성이듯 마황성 또한 천추세가를 확실히 경계하고 있었다.

장강수로맹과 이미 암묵적인 동맹 관계를 맺은 것도 그런 사실을 잘 보여주는 것이었다.

나른한 오후, 엽소척이 담비 가죽이 깔려 있는 평상에 비스듬히 누워 제갈궁을 불렀다.

"군사."

"예, 마존."

"지금쯤이면 도착했으려나?"

"대공자 말씀입니까?"

제갈궁이 공손히 되물었다.

"그래."

"서둘렀다면 모를까 아직 도착하기엔 이른 시간입니다. 게다가 대규모 인원이 움직이는 터라 아무래도 빠르게 움직이기엔 무리가 따릅니다."

"그런가?"

지원군의 늦고 빠름엔 크게 관심이 없는 것인지 엽소척의 반응은 시큰둥하기만 했다.

그 이유를 잘 알고 있기에 제갈궁은 고개를 슬쩍 돌리며 나직이 미소를 지었다.

"망할 놈들!"

상체를 벌떡 일으킨 엽소척이 술병을 낚아채듯 잡아들며 벌컥벌컥 마셔댔다.

"그렇게 답답하십니까?"

"답답하지. 오랜만에 그럴 듯한 상대를 만날 수 있는 좋은 기회였는데 말이야. 그놈의 체면이 뭐라고. 제놈들의 체면이 깎이는 것도 아니거늘."

빈 술병이 마존의 손에서 가루가 되어 사라졌다.

"다들 충심에서 그런 것입니다. 이제 그만 노여움을 푸시지요."

"노여움은 무슨……."

말은 그리하면서도 엽소척의 굳은 표정은 여전히 풀리지 않았다.

'후~'

제갈궁의 입에서 한숨이 흘러나왔다.

그러니까 정확히 보름 전, 장강수로맹의 요청을 받은 마황성에선 남하하는 천추세가를 막기 위해 대규모 병력을 지원하기로 결정하였다.

문제는 엽소척이 직접 수하들을 이끌고 장강수로맹으로 가겠다고 선언하면서부터 벌어졌다.

비록 천추세가를 막기 위해 장강수로맹과 전략적인 동맹

관계를 맺기는 하였으나 그때도 많은 논란이 있었다.

한낱 수적 떼들에 불과한 장강수로맹과 마황성이 격에 맞지 않는다는 것이었다.

하지만 장강수로맹의 맹주가 마존과 나름 인연이 있던 화산검선의 제자고 그 누구도 막지 못했던 천추세가의 행보를 거푸 막아내는 활약을 보여주면서 그와 장강수로맹을 바라보는 시각이 조금은 바뀌었다. 거기엔 유대웅과 함께 싸우고 돌아온 적우와 고독검마의 역할도 상당했다.

그래도 거기까지였다.

동맹도 좋았고 지원군을 보내는 일도 좋았다.

그러나 엽소척이 직접 지원군을 이끌고 장강수로맹으로 간다고 선언하자 그동안 마존의 그림자만 봐도 움찔하던 마황성의 수뇌들이 하나같이 반대를 하고 나섰다.

엽소척이 마존의 권위로 찍어 누르고 위협을 서슴지 않았음에도 누구 하나 동요하지 않았다.

그야말로 죽음을 각오하고 막아선 것이었다.

결국 그런 문제로 아끼는(?) 수하들에게 철퇴를 내릴 수 없었던 엽소척이 자신의 의견을 거두어들이면서 소란은 일단락되었다.

장강수로맹으로 가는 지원군은 유대웅과 안면이 있는 적우와 고독검마를 필두로 십이장로 중 다섯 명과 삼십육 호법 중 열 둘, 백팔마령의 절반이 움직이기로 결정이 내려졌다.

그들이 이끄는 병력만 육백이 넘으니 마황성 전력 중 사할에 육박하는 인원이 움직인 셈이었다.

"이 기회에 혈사림이나 쓸어버릴까?"

엽소척이 은근한 어조로 물었다.

"마존."

제갈궁이 황당한 표정으로 바라보자 엽소척이 피식 웃음을 터뜨렸다.

"농담이다. 정색을 하기는."

그러나 마존의 눈에서 진심을 보았던 제갈궁은 결코 흘려들을 수가 없었다.

"그런 한심한 놈들을 쳐서 뭣 하려고? 멍청한 놈들. 따지고 보면 능가 놈도 불쌍하구나. 하나같이 병신 같은 놈들을 수하라고 부렸으니. 쯧쯧쯧."

"천추세가가 그만큼 약점을 잘 파고들었다고 볼 수 있습니다."

"하긴, 그래도 어깨에 힘을 주던 혈사림이 그런 식으로 박살이 날 줄 누가 알았을까?"

고개를 끄덕인 엽소척이 분위기를 확 바꾸며 물었다.

"설마 여기까지 놈들의 마수가 뻗친 것은 아니겠지?"

"그런 낌새는 전혀 없습니다. 설사 시도가 있다고 해도 마존을 배반할 만큼 간이 크거나 충성심이 없는 자들은 단언컨대 단 한 명도 없을 것입니다. 행여나 마존의 말씀이 밖으로 알려지면 다들 자신들을 근본도 모르는 혈사림과 비교하신다고·서운해할 것입니다."

"서운해할 것도 많다."

뚱한 얼굴로 대답을 하기는 했지만 눈빛만큼은 흐뭇한 기운이 역력했다.

그것을 눈치챈 제갈궁은 자신의 의도가 제대로 먹혔다는 것에 기꺼워했다.

"그래도 혹시 모르니 주의는 하겠습니다. 세상천지 어디에도 정신 나간 놈들이 하나둘은 있는 법이니까요."

"알아서 해."

귀찮다는 듯 손을 내저은 엽소척이 또 다른 술병을 들었다.

그리곤 제갈궁을 향해 기울이자 술병에 들어 있던 술이 허공을 날아 제갈궁이 들어 올린 빈 잔을 가득 채웠다.

"마셔. 향이 제법 그럴 듯해."

"감사합니다, 마존."

정중히 예를 차린 제갈궁이 단숨에 잔을 비웠다.

하지만 그들은 몰랐다.

농담처럼 얘기를 주고받으며 술잔을 기울이는 사이 오래 전부터 심혈을 기울여 준비한 천추세가의 계획이 마황성에 어두운 그림자를 조금씩 드리우고 있다는 것을.

*　　　*　　　*

밤하늘을 수놓은 별들이 금방이라도 쏟아질듯 흐드러지게 빛나는 밤, 거대한 함선 두 척이 조용히 움직이고 있었다.

파도도 잔잔하여 항해를 하는데 전혀 무리가 없었지만 갑판에 나와 바람을 쐬고 있는 이들의 표정은 과히 좋지 않았다.

오랫동안의 항해에 지친 것인지 아니면 뱃멀미에 고생을 한 것인지 다들 낯빛이 창백한 것이 금방이라도 쓰러질듯 위태롭게 보였다.

배에서 일하고 있는 선원들로부터 동정의 눈빛을 사고 있는 그들은 며칠에 걸쳐 장강수로맹의 이목을 완벽하게 속이고 해사방에서 마련한 배를 타고 남경에서 출발하여 험한 바닷길을 뚫고 마침내 광서성 남단 흠주만(欽州灣)에 이른 천추세가의 정예들이었다.

"이제 곧 하선할 장소에 도착한답니다."

한경의 말에 고개를 끄덕인 한호가 천천히 주변을 둘러보며 말했다.

"후~ 멀쩡한 건 불사완구뿐인가?"

"그놈들은 괴물이니까요."

"군림대는?"

"처음처럼 심하지는 않지만 그래도 여전합니다. 시간이 흘러도 참 적응이 안 됩니다."

"충분히 이해한다."

쓴웃음을 지은 한호가 때마침 나타난 공탁을 보며 물었다.

"공 장로는 괜찮은 것이오?"

"괜찮습니다."

"대단하오. 짧지 않은 여정이었는데."

"해사방에서만 이십 년입니다. 이 정도 항해야 문제도 아니지요."

가볍게 웃은 공탁이 창백한 안색의 한경을 보며 한심하다는 듯 혀를 찼다.

"쯧쯧, 명색이 군림대의 대주라는 녀석이."

"그런 눈으로 보지 마요. 뱃멀미라는 놈은 무공하고 전혀 상관없는 놈이니까."

한경이 억울하다는 표정으로 항변했지만 공탁의 비웃음

만 살뿐이었다.

"사내놈이 변명은. 그나저나 아무래도 이 상태라면 힘들지 않겠습니까, 가주?"

"물론이오. 배에서 내리는 대로 적당한 장소에서 충분히 몸을 회복하고 움직일 생각이오."

"꽤나 많은 병력입니다. 과연 마황성의 이목에 걸리지 않을지 걱정이군요."

공탁의 염려에 한호의 뒤쪽에 시립해 있던 천검이 조심스런 태도로 대답했다.

"잠혼이 이미 인근 지역을 완벽하게 조사를 하였습니다. 더불어 안전히 지낼 만한 곳도 수배를 하였고요. 큰 문제는 없을 것입니다."

"그럼 다행이고."

그럼에도 공탁의 얼굴에선 여전히 걱정이 가시지 않았다.

"너무 염려 마시오, 공 장로. 저들이 어디 이쪽에 신경이나 쓰겠소? 모든 시선이 장강으로 향해 있을 터. 오히려 평소보다 안전할 것이오."

"예. 가주. 그저 늙은이의 노파심이라 생각해 주십시오."

한호와 공탁이 이런저런 얘기를 주고받는 사이 느릿느릿 움직이던 배가 완전히 멈춰 섰다.

해안선과는 제법 거리가 있었지만 더 이상 접근하면 자칫 좌초될 위험이 있기에 그대로 닻을 내렸다.

인근에서 미리 대기하고 있던 나룻배 몇 척이 빠르게 접근했다.

갑판으로 나온 천추세가의 병력이 신속히 나룻배로 갈아타기 시작했다.

인원에 비해 나룻배가 부족하여 무려 여섯 번이나 왕복을 한 후에야 함선에 승선했던 모든 병력이 이동을 마쳤다.

"그럼 무운을 빌겠습니다, 가주."

공탁이 한호를 향해 정중히 예를 표했다.

"고생하셨소, 공 장로. 조만간 다시 보도록 합시다."

"예. 인근에서 대기하고 있습니다."

다시금 예를 차린 공탁이 함선으로 돌아간 이후, 천추세가의 병력은 잠혼이 안내에 따라 은밀히 몸을 숨길 장소로 이동을 시작했다.

그곳은 해안선을 따라 십 리 정도 더 들어간 곳에 위치한 해안 동굴이었는데 입구는 어른 한 명이 겨우 몸을 비집고 들어가야 할 정도로 좁았지만 안쪽으로 들어가면 급격히 공간이 확대되어 수백 명이 함께 지내도 전혀 좁다고 느끼지 못할 정도로 거대한 규모를 자랑했다.

"이런 곳이 있다니!"

난생처음 보는 광경에 한호는 천추세가의 가주라는 체통도 잊고 연신 탄성을 내뱉었다.

"이 늙은이가 평생 동안 다녀보지 못한 곳이 없다고 자부했는데 그것도 아닌 것 같습니다, 가주."

어려서부터 천하를 떠돌았다는 장로 안운(安雲)이 천정에 매달린 종유석을 보며 입을 쩍 벌렸다.

횃불에 반사되어 빛나는 종유석은 그 어떤 보석보다 영롱한 빛을 뿜내고 있었다.

"동굴이라 함은 그저 어둡고 쾌쾌한 곳이라고만 생각했는데 이곳은 그야말로 별천지로군요."

하후천이 고개를 좌우로 돌리며 말했다.

"도대체 얼마의 시간이 흘러야 이만큼이나 자란단 말인가!"

하후천은 천장에서부터 지면까지 이어진 석주(石柱)를 쓰다듬으며 찬탄을 금치 못했다.

"용케도 이런 장소를 찾아냈구나. 애썼다."

한호의 칭찬에 며칠 동안 수하들을 닦달하며 고생을 해왔던 인요가 감격에 찬 얼굴로 머리를 숙였다.

"간단한 음식과 식수도 준비된 듯하니 이곳에서 하루 푹 쉬며 체력을 회복하는 것이 좋겠다. 천검."

"예. 가주님."

"영감님들 특별히 신경 써. 그렇잖아도 배에서 고생을 많이 했는데 여기서까지 불편해서야 쓰나. 하루를 쉬더라도 편히 쉬어야지."

한호가 동굴 곳곳을 구경하느라 정신없는 장로, 호법들을 힐끗 바라보며 말했다.

"알겠습니다."

대답을 한 천검이 인요에게 눈짓을 보냈다.

인요가 한호를 비롯한 수뇌들이 휴식을 취할 자리를 다시금 점검하기 위해 재빨리 움직이고 잠시 후, 비단금침까지는 아니더라도 제법 그럴 듯한 잠자리를 제공받은 그들은 입에 침이 마르도록 인요를 칭찬하며 노곤한 몸을 뉘였다.

한호 역시 그중 한 명이었는데 누구보다 뱃멀미로 고생한 사람이 다름 아닌 바로 그였다.

*　　　*　　　*

마황성이 있는 십만대산에서 북쪽으로 사십여 리 떨어진 거대한 분지.

염라옥은 그 분지를 이루는 거대한 석회암 절벽 한쪽 틈에 침식으로 인한 균열과 함께 만들어진 큰 공간에 자리하고 있었다.

출구라고는 분지로 향해 있는 굽고 좁은 길 하나가 전부였고 마을 두어 개를 세우고도 남을 정도로 공간의 규모는 컸지만 햇빛이 드는 시간이 극히 짧은지라 살아 있는 식물이라곤 대다수가 이끼 종류거나 음지에 강한 몇몇 잡초뿐이었다.

염라옥에는 마황성에서 큰 실수를 하거나 죄를 저지른 자들과 마황성에 직접적인 대항, 반기를 들다가 포로가 된 이들이 주로 갇혀 있었는데 대부분의 사람은 그래도 햇빛이 드는 지상에서 살았지만 마황성에서 극히 위험한 자들로 판단한 이들은 눈이 퇴화되지 않을 정도의 희미한 빛만이 존재하는 지하의 암굴에서 생활을 해야만 했다.

염라옥은 오십여 명의 인원이 관리를 하는데 옥주를 제외한 경비 병력은 육 개월에 한 번씩 교대를 하게 되어 있었다.

염라옥 입구.

두 명의 사내가 따분한 표정으로 서 있었다.

"아우! 지겨워!"

왼편에 선 사내, 황구(黃九)가 지루함을 참지 못하고 온몸을 비틀며 기지개를 켰다.

오른쪽에 있는 연후(燕厚)도 연신 하품을 해내며 그에 동조했다.

"아직 교대할 시간이 안됐나?"

황구가 고개를 돌리며 물었다.

"해가 산마루에 딱 걸려 있는 것을 보니까 두어각 정도 남은 것 같은데?"

"젠장. 뭔 놈의 해가 이리 길어."

기지개를 켜던 황구가 짜증어린 눈길로 염라옥 입구 좌우측에 촘촘히 박혀 있는 목책을 바라보며 말했다.

"확 부러뜨리고 말아버려?"

"해봐. 옥주(獄主)의 성격상 그 순간 목이 댕강 날아갈 걸."

연후가 어이없다는 얼굴로 황구를 부추겼다.

"하긴, 그리고 다시 복구하려면 며칠이 걸리지 모르니."

황구는 자신이 무슨 쓸데없는 생각을 했냐는 듯 몸을 부르르 떨었다.

목책은 좌우측 절벽에서 쏟아지는 흙과 암석을 지지하는 역할을 하는 것으로 손만 대면 금방이라도 무너져 내릴 듯 아슬아슬하게 버티고 있었다.

만약 염라옥을 봉쇄하고 싶다면 굳이 애를 쓸 것도 없이 목책에 조금만 힘을 가하면 될 정도였다.

"올해만 벌써 두 번이나 무너졌잖아. 이러다가 아예 염라옥 자체가 통째로 무너져 내리는 것 아냐?"

"모르지. 차라리 그랬으면 좋겠다. 그러면 이 짓을 그만 해도 되잖아."

황구가 킬킬대며 말했다.

"에라. 이 잔인한 놈아. 그래도 이 안에 살아 있는 사람이 얼마인데 그런 소리를 해."

"그러는 너는 얼마인지 제대로 알고는 있냐?"

"그, 글쎄. 매달 들여보내는 곡식의 수를 감안하면 한 백여 명쯤 되지 않을까?"

"아니. 내가 옥주가 보고하는 말을 들었는데 이백 명도 넘는다더라."

"이백이나?"

사내가 깜짝 놀라 되물었다.

"그렇다니까."

"그럼 들여보내는 곡식이 부족할 텐데. 어찌 버티는 거지?"

"그거야 나도 모르지. 서로 물어뜯고 잡아먹거나 말거나."

황구는 자신의 일이 아니라는 듯 손을 휘휘 내저었다.

"염라옥 중심을 관통하는 물길이 있는데 비가 오면 상류에서 물고기가 제법 흘러들어오는 모양이더라. 아마도 그걸 먹고 버틸 거다."

갑자기 들려온 음성에 황구와 연후가 움찔 놀라며 몸을 돌렸다. 그리곤 천천히 걸어오는 사내 둘을 확인하곤 환히 웃었다.

조장 유건(陸建)과 풍천(風穿)이었다.

"조장이 교대할 차례입니까?"

"그래. 고생했다."

"고생은요. 뭘 한 게 있다고요. 그냥 지루한 거지요."

연후가 씨익 웃으며 말했다.

"그래도. 특이사항은?"

"있을 리가 없지요."

"그래? 알았어. 어서 들어가 봐. 고소한 냄새가 나는 것을 보니 오랜만에 양 숙수가 솜씨를 발휘하는 모양이더라."

"그, 그래요? 아침에 멧돼지를 잡았다는 소리가 있던데 그걸 요리하는 모양이네요. 흐흐흐! 기왕이면 술까지 있으면 좋으련만."

황구가 침을 흘리며 말하자 조장이 그의 등을 탁 치며 말했다.

"그렇잖아도 옥주님께 말씀드려놨으니까 가볍게 한 잔씩은 할 수 있을 거다."

"지, 진짭니까?"

"그렇다니까."

"조장님이 최곱니다."

엄지손가락을 치켜세운 황구와 연후는 발이 보이지 않을 정도로 빠른 움직임으로 막사를 향해 달려갔다.

그들이 사라지고 잠시 후, 인상 좋은 미소를 흘리던 육건의 얼굴에 미소가 사라졌다.

대신 자리한 것은 살 떨리도록 차가운 살기였다.

"양 숙수가 실수하지 않아야 할 텐데."

"걱정 마십시오. 단 한 놈도 살아남지 못할 겁니다. 설사 눈치를 채는 놈이 있어도 어차피 죽게 되어 있습니다."

"그래. 아무튼 가자."

가볍게 고개를 끄덕인 육건과 풍천이 염라옥을 향해 천천히 걸음을 옮겼다.

목책을 지나자 두 갈래 길이 나타났다.

왼쪽의 길은 지상의 마을로 이어지는 길이었고 급격한 경사를 이루고 있는 오른쪽 길은 지하 암굴로 향하는 길이었다.

암굴로 향하는 길에선 육건이 벽에 걸린 횃불을 들어 올리며 말했다.

"반 시진 후, 입구에서 보자. 이미 얘기는 끝난 상태니까 그리 오래 걸리지는 않을 거다."

"알겠습니다."

풍천은 육건이 암굴로 사라진 다음에야 비로소 걸음을 옮겼다.

육건의 발걸음이 지하의 첫 번째 암굴에서 멈췄다.

"왔군."

나직하지만 힘있는 음성이 암굴을 울렸다.

"때가 되었습니다. 각오는 되어 있겠지요?"

"각오? 네놈이 노부의 머릿속에 그 벌레를 집어넣는 순간부터 이미 끝난 것 아니더냐? 솔직히 마황성에 쌓인 것도 많고."

"다른 사람들은 어떻습니까?"

"마찬가지다. 그냥 네놈을 죽여 버리자고 하는 자들도 있었지만 일을 그리 허술하게 할리는 없을 터이니 그냥 따르기로 했다. 최악의 경우라도 이곳보다는 나을 테니까."

"잘 생각하셨습니다. 모고를 품고 있는 나를 죽이면 죽음보다 더한 고통에 시달리다 죽었을 테니까요."

"예를 들면?"

노인이 피식 웃으며 물었다.

"뇌에 박힌 자고들이 뇌를 조금씩 갉아먹는다고 생각하면 될 겁니다."

육건의 말이 끝나기도 전에 그의 뒤에서 낄낄대는 웃음소리가 들려왔다.

"거 봐라. 노부의 판단이 정확했지?"

"정말일까? 아무래도 믿기지 않는데."

"그냥 죽여 버리고 확인을 해보는 게 낫지 않아?"

"미친! 뒈지려면 네놈이나 뒈져라. 졸개 짓을 하더라도 이곳에서 나가 한바탕 분탕질이라도 치고 뒈지고 싶다."

천천히 몸을 돌리는 육건.

언제 접근한 것인지 바로 뒤에 대여섯 명의 노인이 잡담을 하고 있었다.

육건의 등줄기로 식은땀이 흘러내렸다.

나름 실력을 자부하고 있던 그였기에 노인들이 바로 뒤에 접근할 때까지 전혀 눈치채지 못했다는 것에 경악을 금치 못하고 있었다.

"한데 무공은 다 회복한 겁니까?"

"그래. 다들 네가 보내준 해약과 영약들 덕분이다."

"다행입니다. 생각보다 빨리 회복을 하셨군요."

"빨리? 일 년이 넘게 걸린 일이다. 그동안 우리가 무공을 회복하기 위해 얼마나 고통스런 날을 보냈는지 안다면 그런 말을 하지는 못할 것이다."

"……."

"그리고 그 몽……."

"몽몽환입니다."

"그래. 몽몽환. 효과가 좋더구나. 듣자니 사사천교에서 사용한 것이라고?"

"예."

"상당한 부작용이 있다고 하던데?"

노인의 눈초리가 싸늘해졌다.

"제가 제공한 몽몽환은 사사천교에서 사용하던 것과는 다른 것입니다. 약간의 부작용이 있습니다만 걱정하지 않으셔도 됩니다."

노인이 날카로운 눈빛으로 육건을 살피자 육건은 지체없이 자신의 품에 든 몽몽환을 삼켰다.

"굳이 그럴 것까지는 없었거늘. 어차피 상관은 없었다. 이곳에서 썩어 없어질 몸뚱이 나갈 수만 있다면 그까짓 부작용 따위야 신경 쓸 것도 아니지."

"곧 있을 일을 생각하면 어차피 복용할 생각이었습니다."

노인이 의아한 얼굴로 바라보자 육건이 긴장된 웃음을 지으며 말했다.

"조금이라도 더 강해야 살아남을 테니까요."

"그래. 그건 맞는 말이지. 아무래도 상대가 상대니까.

자, 그럼 그 상대를 놀래켜 주러 가볼까?"

노인이 천천히 몸을 일으키자 입구에 서 있던 노인들이 일제히 허리를 숙이며 예를 표했다.

그 모습이 어찌나 경건한지 육건 또한 자신도 모르게 허리를 숙였다.

노인을 필두로 암굴에서 빠져나온 인원은 총 아홉.

하나같이 백발이 성성한 노인들이었는데 눈빛만큼은 그 어떤 이들보다 매섭고 날카로웠다.

육건이 노인들과 함께 염라옥 입구에 도착을 했을 땐 이미 풍천이 지상에서 머물고 있던 이들 모두를 데리고 나온 뒤였다.

그 수는 정확히 백이십.

원래는 더 많은 인원이 머물고 있었지만 풍천과 함께 염라옥을 탈출한 이들은 모두 마황성에 뿌리 깊은 원한을 가진 자들로 비록 염라옥에 오기는 했지만 마황성에 충성심을 잃지 않은 이들은 이미 육건과 풍천, 그리고 그들과 뜻을 같이한 죄수들에 의해 모조리 제거된 상태였다.

바로 그때였다.

풍천이 데리고 온 죄수들 중 일부가 암굴을 빠져나온 노인들 앞으로 달려오더니 그대로 무릎을 꿇고 머리를 조아렸다.

"이, 일성대(一星隊) 부대주 곽검(郭劍)이 태상께 인사드립니다."

곽검을 따라온 중년인들이 일제히 예를 차렸다.

"태상께 인사드립니다."

그러자 노인들이 반색을 하며 소리쳤다.

"하하하! 천방지축 벌거숭이 같던 녀석이 어른이 다 됐구나."

"그래, 그 반푼이 같던 실력은 조금 늘었고?"

"허, 이제는 같이 늙어간다는 헛소리를 지껄여도 되겠구나."

왁자지껄 떠드는 소리 속에 태상이라 불린 노인이 곽검의 어깨를 가만히 짚었다.

"그래. 기억이 난다. 세월이 아무리 흘러도 노부를 위해 기꺼이 목숨을 걸던 그 얼굴을 어찌 잊을까?"

"태, 태상어른."

"명이는 어찌 되었느냐?"

"대, 대주는 삼 년 전에……."

"버릇없는 녀석 같으니. 뭐가 그리 바쁘다고 이 늙은 사부를 두고 길을 서둘렀을꼬."

태상의 얼굴에 처연한 웃음이 지어졌다.

"다, 당시 입은 부상이 두고두고 대주를 괴롭혔습니다.

특히 매달 들어오는 음식에 살포된 산공독 때문에 내력을 운용하지 못해 내상을 제대로 치료할 수가 없었습니다."

곽검이 주먹을 꽉 움켜쥐고 눈물을 흘렸다.

"그래. 산공독. 노부들도 고생을 했지."

태상의 말에 주변의 노인들 또한 치가 떨리는지 저마다 무시무시한 살기를 내뿜었다.

염라옥에 들어가는 사람들은 두 가지 방법으로 제재를 당하게 되는데 첫 번째가 내력을 일으키지 못하도록 산공독을 복용하는 것이었다.

일반적으로 사나흘이면 회복되는 보통의 산공독과는 달리 염라옥의 죄수들에게 사용되는 산공독은 그 효과가 무려 두 달 이상 지속되었는데 특별한 방법으로 만들어지기도 했지만 복용하는 양 자체가 워낙 많았기 때문이기도 했다.

이후, 염라옥에 제공되는 모든 음식엔 산공독이 포함되어 있었는데 환경이 척박한 염라옥에선 아무리 해독을 하려고 해도 방법이 없었기에 염라옥에 갇힌 이들은 계속 중독된 상태로 생활을 할 수밖에 없는 것이었다.

그것으로도 부족해 마황성에선 특별히 주의가 필요한 죄수들, 가령 암굴에 갇힌 태상과 노인들처럼 위험한 이들에겐 산공독과 더불어 내가중수법을 이용해 기경팔맥을 뒤틀어 버렸다.

기경팔맥이 뒤틀린 채 굳어버리면 설사 산공독을 해독하더라도 내력 자체를 운용할 수 없었기 때문이었다.

하지만 어떤 일이 있어도 단전 자체를 파괴하는 일은 절대로 하지 않았다.

죄수들을 위함이 아니었다.

그건 또 하나의 고문이었다.

죄수들에게 언제고 몸을 회복하여 염라옥을 빠져나갈 수 있다는 희망을 품도록 만들어 주는, 결코 일어날 수 없는 일이기에 다시금 죽음보다 더한 좌절감을 맛보아야 하는 희망고문.

그렇게 염라옥에 갇힌 이들은 철저하게 제재를 당했고 그런 이유로 위험성에 비해 염라옥을 지키는 인원이 오십 남짓에 불과한 것이었다.

"한데 저들은 누구더냐?"

태상이 경계의 눈초리로 자신들을 바라보는 이들을 가리키며 물었다.

"저와 함께 지내던 이들입니다."

"마황성의 인물이더냐?"

"아닙니다. 마황성에 대항을 하다가……."

"그렇구나."

태상이 말을 잘랐다.

그 역시 마황성의 인물이었기에 굳이 설명을 듣지 않아도 이해를 할 수가 있었다.

"우두머리가 누구냐?"

태상의 물음에 얼굴 전체에 흉터가 가득한 노인이 걸어왔다.

"우두머리라고는 할 수 없고 노부가 가장 연장자이기는 하다."

흉터 노인의 말에 낄낄대며 웃고 있던 노인들이 불같이 화를 냈다.

"저 늙은이가 뭐라 지껄이는 거야?"

"당장 무릎을 꿇지 못할까!"

손을 들어 그들을 제지한 태상이 물었다.

"그대는 누구지?"

"임무강(林無疆)."

태상이 깜짝 놀란 얼굴이 되었다.

"임… 무강이라면 설마 투마왕(鬪魔王)?"

투마왕이 고개를 끄덕였다.

"놀랍군. 그대를 이곳에서 보게 될 줄이야."

태상이 다시금 탄성을 터뜨리자 투마왕이 고개를 흔들었다.

"노부만큼 놀랐겠소? 다른 사람도 아니고 설마하니 무적마도(無敵魔刀)라니! 정말 기가 막히는구려."

순간, 풍천이 이끌고 온 이들의 눈이 경악을 넘어 공포로 물들었다.

그럴 만도 했다.

무적마도 구양걸(歐陽杰).

이십여 년 전, 반역을 꿈꾸다 제거되었다고 알려진, 마황성의 지존 엽소척의 사제이자 마도제일도, 아니, 중원제일도라 불리며 당당히 무림십강의 한 자리를 차지하고 있는 절대고수가 바로 그였다.

"어서 오십시오, 태상."

구양걸은 자신을 향해 정중히 인사를 하는 중년인을 보며 어이가 없다는 표정을 지었다.

그도 그럴 것이 눈앞의 노인은 이십여 년이 넘는 시간 동안 염라옥의 관리를 책임진 옥주 관촌(關村)이었기 때문이었다.

"아직 살아 있었구나. 매달 염라옥에 다녀가다가 근 일 년 동안 보이지 않기에 죽은 줄 알았건만."

"부쩍 기운이 사그라들기는 했지만 아직까지는 괜찮습니다."

관촌이 너털웃음을 지으며 대답했다.

"처음부터 저쪽 사람이었더냐?"

옥주의 고개가 살짝 끄덕여지자 구양걸의 입에서 헛바람이 흘러나왔다.

"천추세가라고 했던가? 놀랍군. 대체 언제부터 준비를 했단 말이냐? 혹 다른 놈들도 있더냐?"

"있기는 있지요. 하지만 그다지 높은 자리에 오른 이들은 없습니다. 그저 한직에 머물 뿐이지요."

옥주는 별로 대수롭지 않다는 듯 말했지만 구양걸은 그의 말을 흘려듣지 않았다.

"그게 더 놀랐구나. 위로 올라가게 되면 그만큼 많은 견제와 주목을 받게 되지. 어쩌면 쉽게 정체가 드러날 수도 있겠고. 장기적으론 밑에 있는 자들이 훨씬 요긴할 때가 많다. 바로 네놈처럼."

마황성에서 염라옥을 지키는 자리는 누구도 꺼리는 그야말로 한직이었다.

그러나 구양걸의 말처럼 결정적인 순간에 역할을 하게 되니 이처럼 중요한 자리도 없어보였다.

"눈은 괜찮으신 겁니까?"

"눈? 조금 시리긴 해도 괜찮다. 암굴이라고 완전히 암흑은 아니니까. 근래엔 저 녀석이 횃불을 많이 켜놔서 어느 정도는 적응도 되었고. 그래도 내일 아침엔 조금 고생을 할 것 같기는 하다."

"조금 걱정을 했는데 다행입니다. 아무튼 많이 준비는 하지 못했지만 그래도 양 숙수가 최선을 다해 준비했습니다. 드시지요."

관촌이 산더미처럼 쌓인 음식을 가리키며 말했다.

염라옥에 갇힌 이들은 누가 먼저라고도 할 것 없이 아귀처럼 달려들며 음식을 탐했다.

양 숙수가 비축해 둔 모든 재료를 동원해 음식을 마련했지만 워낙 굶주렸던 이들이기에 음식은 금방 바닥이 났다.

관촌이 특별히 준비한 미주로 마지막 입가심을 한 구양걸이 지그시 눈을 감고 입안 가득 퍼지는 주향을 음미하다 눈을 떴다.

"혈향이 진동하는 것을 보니 이곳을 지키던 녀석들은 모조리 제거한 모양이군."

"그리되었습니다."

관촌을 힐끗 바라본 구양걸이 물었다.

"공격은 언제쯤 시작되느냐?"

관촌이 육건에게 시선을 주었다.

들고 있던 닭다리를 재빨리 내려놓은 육건이 대답했다.

"내일 정오를 기점으로 시작하면 될 것입니다."

"천추세가는?"

"이미 도착해서 공격을 준비하고 있습니다."

"아무리 합공이라 해도 이쪽 인원이 너무 부족하다. 마황성은 그리 만만한 곳이 아니야."

"그래서 준비한 것이 있습니다."

육건의 신호에 풍천이 큰 상자 하나를 들고 왔다.

"그것이 무엇이냐?"

"초반에 기선을 제압할 물건입니다."

육건이 상자를 열자 그 안에 어른 주먹만 한 화탄이 가득 들어 있었다.

거무튀튀한 화탄의 표면엔 '霹靂'이라는 글씨가 새겨져 있었다.

구양걸의 눈이 화등잔만 해졌다.

"벽력탄? 설마 벽력세가의 그 벽력탄이란 말이냐?"

화탄을 집어든 구양걸은 이미 아득한 전설로 사라진 벽력세가라는 이름을 떠올렸다.

"아닙니다. 벽력이라는 글귀는 화탄을 만든 곳에서 단지 벽력세가를 흠모해서 새겨 넣은 것으로 압니다. 그래도 일반적으로 알려진 화탄과는 비교도 할 수 없을 정도로 뛰어난 위력을 발휘하니 믿고 쓰라고 했습니다."

"음."

구양걸이 약간은 실망한 표정으로 화탄을 내려놓았다.

하지만 그는 몰랐다.

비록 벽력세가의 벽력탄과는 분명히 달랐지만 뇌화문이 심혈을 기울여 만든 화탄의 위력은 어쩌면 벽력탄보다 더욱 뛰어날 수도 있다는 것을.

"뭐, 사용하는 것이야 다른 사람들이 알아서들 할 것이고 중요한 것은 과연 천추세가가 정말로 마황성을 넘볼 수 있을만한 실력이 되느냐는 것이다."

"말씀드렸다시피 본가는 이미 정무맹과 소림, 무당, 개방을 간단히 무너뜨리고 장강이북을 평정했습니다."

"놀라운 일이긴 하지. 하나, 그것이야 전력을 기울였을 때의 일이고 한정된 전력으로 무너뜨릴 수 있을 만큼 마황성은 약한 곳이 아니다."

구양걸은 소수 병력을 마황성을 공격하려는 천추세가의 행보가 너무도 무모하게 보였다.

"마황성도 상당한 전력이 이탈한 상태입니다."

"얼마나?"

"대략 사 할 정도라더군요."

"흠, 적지는 않군. 그래도 과연 상대가 되는지는 모르겠군."

구양걸이 고개를 갸웃거리며 술잔을 들자 육건의 표정이

굳었다.

"막상 나오니 겁이 나시는 겁니까? 설마하니 약속을 어기는 것은……."

육건은 말을 잇지 못했다.

순간적으로 쏟아지는 어마어마한 살기에 숨조차 제대로 쉬기가 힘들 정도였다.

살기의 주인은 구양걸이 아니었다.

구양걸과 함께 암굴에 갇혔던 여덟 명의 노인에서 쏟아져 나오는 살기에 주변이 완전히 얼어붙었다.

그 살기에 버틸 수 있는 사람은 투마왕 임무강을 비롯하여 몇 되지 않았다.

"그만하지."

구양걸의 나직한 한마디에 언제 그랬냐는 듯 육건을 옥죄던 살기가 씻은 듯이 사라졌다.

"조심해라. 다시 한 번 그따위 헛소리를 내뱉으면 그대로 목을 꺾어버릴 것이다."

"버릇없는 놈 같으니."

노인들의 경고에 육건이 입술을 꽉 깨물었다.

목을 꺾으면 당신들은 더 처참하게 죽을 것이라는 말을 목청껏 외치고 싶었지만 차마 그 말을 내뱉지는 못했다.

"약속은 지킨다. 기왕 시작한 이상 확실하게 끝장을 냈으면 하는 마음에 걱정을 한 것뿐이지. 하지만 너도 이것 하나만큼은 확실하게 알아두거라."

"무엇입니까?"

"일이 끝나면 우리를 자유롭게 풀어주기로 한 약속을 지켜야 한다는 것을 말이다."

"물론입니다."

혈고의 힘을 단단히 믿고 있던 육건은 별다른 생각 없이 고개를 끄덕였다.

그런 육건을 보며 가볍게 웃음 지은 구양걸이 지그시 눈을 감았다.

잠시 후, 그의 몸에서 뜨거운 김이 피어오르는가 싶더니 엄청난 열기가 주변을 잠식했다.

구양걸이 감았던 눈을 떴을 때 뭔가의 반응에 화들짝 놀란 육건이 황급히 품을 뒤지더니 옥합 하나를 꺼내들었다.

옥합을 열자 고통으로 몸부림치는 혈고의 모습이 들어왔다.

"몸속에 있다더니만 거짓말이었구나."

구양걸이 가볍게 조소했다.

육건의 귀에는 그의 조소가 전혀 들어오지 않았다.

그저 이해할 수 없다는 표정으로 몸부림치는 혈고와 태연스런 얼굴의 구양걸을 번갈아 바라볼 뿐이었다.

"놀랄 것 없다. 노부의 몸속에 기생하고 있는 벌레 한 마리를 태워 죽였을 뿐이니까. 아무래도 찜찜해서 말이다."

"이, 이건 약속이 틀리지 않습니까?'

육건의 음성이 마구 떨렸다.

"약속? 벌레를 죽이지 않겠다는 약속을 한 적은 없는 것 같은데. 노부가 그런 약속을 했더냐?'

"그, 그건……."

당황한 육건은 아무런 대답을 하지 못했다.

"단지 네게 경고를 하기 위해 없앤 것뿐이다. 다른 이들은 그냥 놔둘 테니 걱정하지 말거라."

구양걸의 말에 육건은 숨이 탁 막히는 느낌이었다.

말인즉슨 다른 노인들 또한 구양걸처럼 혈고를 제거할 수 있는 능력이 있다는 것을 의미했기 때문이었다.

그것을 증명이라도 하듯 여덟 노인이 한껏 비웃음이 담긴 얼굴로 육건을 바라보았다.

"약속은 지켜야 할 것이야."

구양걸의 은근한 경고에 육건은 자신도 모르는 사이 세차게 고개를 끄덕였다.

峽三山巫

第四十五章
마황성(魔皇城)

"오늘이던가?"

따뜻한 오전의 햇살을 맞으며 차를 마시던 소숙이 마주
앉은 모진에게 물었다.

"그렇습니다. 오늘입니다."

"과연 어찌 될는지 걱정이구나."

소숙이 찻잔을 내려놓으며 한숨을 내쉬었다.

"가주께서 직접 움직이셨습니다. 게다가 불사완구와 군
림대가 가주님을 모시지 않았습니까? 틀림없이 성공할 것
입니다."

"당연히 그리 믿고 있지. 하지만 마황성은 그리 만만한 곳이 아니다. 아무리 정예들을 추려 데리고 가셨다지만 수적으로 너무 밀려."

"염라옥의 죄수들을 손에 넣는 데 성공을 했으니 보다 일이 쉬워질 것입니다."

"그렇긴 하다만……."

한번 굳어진 소숙의 얼굴은 좀처럼 펴질 줄 몰랐다.

"그나저나 장강수로맹의 움직임은 어떠하더냐?"

"지금까지 별다른 움직임은 없습니다. 세작들을 풀어 이쪽을 감시하는데 주력하고 있을 뿐이지요. 아, 밑에서 올라오던 지원군은 확실히 줄었다고 합니다. 일부 문파에선 지원 온 병력을 되돌리기도 하는 모양입니다."

모진의 말에 소숙이 코웃음을 쳤다.

"제놈들의 본가가 위험하니 그거야 당연한 것이겠지."

닷새 전, 일찌감치 장강을 넘은 흑랑회와 구룡상회에 이어 남경에서 서진한 천추세가의 본진과 하후세가의 병력이 악양에 도착하고, 이런 천추세가의 움직임에 대항하고자 장강수로맹에도 엄청난 지원군이 몰려드니 동정호를 중심으로 양측은 그야말로 일촉즉발의 전운이 감돌았다.

하지만 금방이라도 폭발할 것만 같았던 분위기와는 달리

싸움은 쉽게 일어나지 않았다.

악양까지의 여정에서 문제가 발생한 것인지 아니면 내부적으로 이견 충돌이라도 있는 것인지 악양에 진을 친 천추세가가 일체의 움직임을 멈추고 침묵에 들어가 버렸다.

그렇다고 장강수로맹이 먼저 도발을 할 수도 없었다.

그러자면 군산이라는 지형적 이점을 버려야 했는데 객관적으로 열세였던 장강수로맹에선 절대 있을 수 없는 일이었다.

양측이 그렇게 지지부진한 대치만으로 닷새라는 시간을 보내고 있을 때, 다른 곳에선 그야말로 치열한 싸움이 벌어지기 시작했다.

천추세가의 명에 따라 일제히 장강을 넘어서 수많은 문파가 본격적으로 공격을 시작한 것이다.

"조금 전에 들어온 정보에 의하면 장강수로맹의 수뇌들이 불사완구의 행방을 파악하지 못해 꽤나 당황하고 있는 것 같습니다."

모진이 나직이 웃었다.

"솔직히 이토록 완벽하게 놈들의 이목을 속여 넘길 수 있으리라곤 생각하지 못했습니다."

"남경에 도착해서 무려 사흘 동안이나 은밀히 준비한 일이다. 성공하지 못하면 그것이야말로 문제가 있는 것이지. 그래도 군림대처럼 보다 완벽하게 위장을 했어야 했다. 하면 불사완구가 이곳에 없다는 것이 들키지는 않았을 것 아니더냐?'

소숙이 못마땅한 듯 바라보았으나 모진은 그렇게 생각하지 않는 것 같았다.

"처음부터 들켰으면 문제가 되었겠지만 뒤늦게 들킨 것이 오히려 전화위복이 된 것 같습니다. 놈들이 함부로 도발을 하지 못하는 것도 바로 불사완구의 행방을 파악하지 못하고 있기 때문이기도 합니다."

"흥, 입은 비뚤어졌어도 말은 바로 하여라. 불사완구 때문이 아니라 처음부터 힘이 부족하다고 여기기에 함부로 도발을 하지 못하는 것이지."

소숙이 코웃음을 쳤다.

너무도 당연한 말이라 여긴 모진은 별다른 대꾸를 하지 않았다.

"그런데 폐관수련에 들어갔다던 장강수로맹의 맹주는 어찌 되었느냐?"

"여전히 폐관수련을 하는 것으로 파악되고 있습니다."

"확인이 되지 않는단 말이냐?"

"그것이… 예. 전혀 모습을 드러내고 있지 않습니다."

순간, 뭔가 모를 불길함이 뇌리를 스쳤다.

"혹여 우리처럼 뭔가 수작질을 부리는 것은 아니더냐?"

"그건 아닌 것 같습니다. 특별히 움직인 병력이 없습니다. 아무리 막강한 무공을 지녔다는 놈이지만 혼자 움직일 수는 없지 않겠습니까?"

"확실한 것이더냐?"

소숙이 재차 확인을 했다.

"취운각의 요원들이 보름 전부터 동정호 인근을 샅샅이 살피고 있었습니다. 군산을 향해 들어간 이들은 있어도 빠져나온 장강수로맹의 병력은 없습니다."

"그렇다면 다행이지만."

소숙이 한결 밝아진 얼굴로 고개를 끄덕였다.

하지만 그들은 천추세가에서 장강수로맹의 이목을 숨기고 완벽하게 병력을 빼돌렸듯이 유대웅 또한 그들이 풀어놓은 세작들을 따돌리고 오래전에 장강을 넘었다는 사실을 미처 알지 못했다.

*　　　*　　　*

"아직도입니까?"

장청의 물음에 운밀각주 사도진이 풀이 죽은 얼굴로 고개를 흔들었다.

"예. 인근 지역을 아무리 살펴봐도 불사완구의 존재는 찾지 못했습니다."

"답답하군요. 다른 놈들은 몰라도 그 괴물들의 행방은 반드시 찾아야 하는데요."

"죄송합니다."

사도진이 고개를 숙였다.

"얼마나 애를 쓰고 있는지 잘 알고 있습니다. 각주께서 죄송할 일은 아니지요."

자우령이 항몽을 바라보며 물었다.

"다른 곳에서도 발견되지 않는 것이냐? 가령 지금 싸움이 벌어지는 남쪽 지역이나……."

"아니요. 그런 보고는 없었어요. 모든 정보력을 동원해서 찾고는 있지만 아무래도 쉽지가 않네요."

힘없이 대답하는 항몽 역시 사도진처럼 기운 빠진 표정이었다.

"작심을 하고 빼돌린 것 같군."

뇌우가 이를 부득 갈며 말했다.

"문제는 대체 어떤 생각으로 그 괴물들을 빼돌렸느냐는 것이네. 그놈들의 힘을 감안했을 때 빨리 찾지 못하면 그야말로 재앙이 되어 돌아올 수 있어."

자우령의 말처럼 그동안 보여준 불사완구의 힘은 장강수
로맹에게는 그 어떤 문파나 가문의 세력보다 위협적인 존
재였다.

"혹 혈사림을 치러 움직인 것은 아닐까요?"

팽윤이 조심이 의견을 말했다.

"혈사림?"

"예. 일전에 망신을 당한 것도 있고 지금 당장 움직이고
있지는 않지만 천추세가에 대한 원한이 큰 만큼 혈사림도
분명히 이번 싸움에 참여할 것입니다. 아무리 망가졌다고
는 해도 삼세의 하나입니다. 결코 무시하지 못할 전력이지
요."

"그러니까 아예 싹을 잘라 버린다?"

뇌우가 자신의 손으로 목을 긋는 시늉을 하며 물었다.

"예. 그것이 아니라면 다시 손에 넣으려는 수작을 부릴
수도 있는 것이고요."

"그런다고 굴복할까?"

"분명히 넘어가는 놈들이 있을 겁니다."

"하긴 혈사림이니까."

잠시 의문을 보였던 뇌우가 이내 수긍을 했다.

"가능한 얘깁니다. 혈사림 쪽을 조금 주의 깊게 볼 필요

가 있겠습니다."

장청의 말에 항몽도 고개를 끄덕였다.

"바로 조치를 취하도록 하지요."

"부탁드립니다."

장청이 머리 숙여 부탁을 했다.

"후~ 차라리 그쪽에서 발견되었으면 좋겠구나. 만약 거기서도 놈들을 발견하지 못하면 상황이 생각보다 심각해질 수 있어."

자우령의 우려 섞인 말에 뇌우가 버럭 화를 냈다.

"이 빌어먹을 괴물들! 대체 어디에 처박혀 있는 거야!"

*　　*　　*

"삼왕봉(三王峰) 입니다."

인요가 주변 봉우리들을 압도한 채 하늘 높이 우뚝 솟은 세 개의 봉우리를 가리키며 말했다.

"바로 저 삼왕봉 아래 마황성이 있습니다."

"흠."

한호가 기대에 찬 얼굴로 삼왕봉을 바라보고 있었다.

해안 동굴에서 충분한 휴식을 취한 덕분인지 긴 항해에 대한 피로감은 전혀 보이지 않았다.

그건 그를 따르는 천추세가의 정예들 또한 마찬가지였다.

"얼마나 걸리지?"

"지금의 속도라면 반 시진 내에 도착을 할 수 있습니다."

인요가 즉시 대답했다.

"생각보다 멀군. 조금 속도를 높이는 것도 나쁘지는 않겠어. 영감들의 상태도 괜찮은 것 같고."

한호가 고개를 돌려 맨 후미에서 따르고 있는 장로, 호법들을 힐끗 바라보며 웃었다.

"그리하겠습니다."

"그렇다고 너무 무리하지는 말고. 싸움을 앞두고 긴장된 몸을 적당히 풀 수 있을 정도면 충분할 것 같다."

"존명!"

명을 받은 인요가 속도를 높이기 시작했다.

앞에서 속도를 높이자 후미 쪽에선 거의 달리는 수준이었다.

하지만 그 정도로 호흡이 가빠지거나 힘들어하는 기색을 보이는 이는 단 한 명도 없었다.

후미에 있던 노고수들의 입에서도 연신 앓는 소리가 나왔지만 정작 가장 여유로운 사람들이 바로 그들이었다.

"마침내 왔군."

천추세가와는 정반대쪽, 눈앞에 우뚝 솟은 삼왕봉을 바라보는 구양걸의 얼굴이 감회에 젖었다.

그림자처럼 구양걸을 따르는 여덟 명의 노인의 표정 또한 그와 별반 다르지 않았다.

"사형과 함께 삼왕봉을 헤집고 다니던 일이 엊그제 같거늘."

지난날의 추억에 젖어 있던 구양걸.

안타까운 그리움이 가득했던 그의 얼굴이 시간이 지나면서 조금씩 싸늘하게 변해갔다.

"부디 건강하길 빌겠소, 사형. 그동안 쌓인 빚이 참으로 많고도 무겁소이다."

조용히 읊조린 구양걸이 잠시 멈췄던 걸음을 옮기기 시작했다.

염라옥에서 오랜 세월 동안 인고의 나날을 보내왔던 이들이 폭발할 듯한 살기를 억누르며 그의 뒤를 따랐다.

깎아지른 듯한 절벽, 가파르고 험난한 산길도 복수심에 불타는 그들의 발걸음을 가로막지 못했다.

구양걸 일행이 삼왕봉 후사면을 넘는 사이 삼왕봉 아래 분지에서 생활하는 주민들과 몇 번 마주쳤지만 문제될 것은 없었다.

그들이 채 입을 열기도 전에 모조리 숨이 끊어졌기 때문이었다.

"쯧쯧, 자신감이 넘치는 것인지 아니면 자만심인지 아무리 길이 험하다고는 해도 어찌 경계하는 녀석 하나 없을까?"

구양걸이 혀를 차며 고개를 흔들었다.

삼왕봉의 정상을 앞둔 시점에서 능선을 따라 돌아가자 마황성의 웅장한 자태가 모습을 드러냈다.

"마황성."

구양걸이 벅찬 마음을 이기지 못하고 있을 때 바로 아래쪽에 날카로운 음성이 들려왔다.

"누구냐?"

난데없이 터져 나온 음성에 놀랄 만도 하였지만 이미 그들의 존재를 알고 있었는지 다들 별 반응을 보이지 않았다.

"어째 경계가 약하다고 했더니만 교묘하게 위장을 하고 있었군. 조심을 하여 산을 넘던 이들도 막상 눈앞의 마황성을 보게 되면 분명 허점을 보일 테니 말이야."

구양걸이 앞쪽으로 툭 튀어나온 암석 아래 은밀히 자리하고 있던 경계초소 쪽으로 내려오며 감탄 아닌 감탄을 했다.

"웬 놈이냐고 물었……."

말은 이어지지 않았다.

곽검의 살검이 경계병의 목을 단숨에 베어버린 것이다.

"무례는 죽음이다."

이미 숨이 끊어진 경계병을 노려보며 차갑게 외치는 곽검.

그사이 같이 경계를 서고 있던 사내가 검을 빼들었다.

곽검이 가소롭다는 듯 바라보며 검을 까딱였다.

선공을 해보라는 나름의 배려였지만 사내는 공격 대신 초소 옆, 절벽을 향해 위태롭게 자라고 있는 나무를 향해 검을 휘둘렀다.

깜짝 놀란 곽검이 사내를 막으려 했지만 나무에 묶여 있던 줄은 이미 끊어졌고 줄에 매달려 있던 방울이 아래로 떨어지며 요란한 소리를 냈다.

당황하는 곽검과는 달리 구양걸은 전혀 개의치 않았다.

"훗, 적이 침입을 했다는 가장 간단하면서도 확실한 방법이겠군."

구양걸의 입가에 진한 미소가 지어졌다.

자신들의 움직임이 노출되었음에도 걱정하기보다는 오

히려 그것을 즐기는 듯한 인상이었다.

*　　　　*　　　　*

"지금 그게 무슨 소리냐? 누가 몰려와?"

벽라온옥으로 만든 넓은 의자에 비스듬히 앉아 있던 엽소척이 천천히 상체를 세웠다.

"저, 적이! 적이 정문을 뚫고 몰려오고 있습니다."

오랜만에 한자리에 모여 가볍게 술잔을 기울이던 마황성의 수뇌들의 표정이 딱딱하게 굳었다.

적은 무엇이고 또 난데없는 공격은 무엇이란 말인가!

"그렇게 멍청한 얼굴로 더듬거리지 말고 똑바로 말을 해 보거라. 대체 무슨 일이 벌어지고 있단 말이냐?"

다른 사람들과는 달리 다소 과음을 한 곤패가 버럭 소리를 질렀다.

전령이 대답을 하기도 전, 군림각을 향해 피투성이가 된 사내가 뛰어들었다.

옷차림을 보니 마황성 외곽을 수비하는 외당에 소속된 자였다.

엽소척과 수뇌들은 피를 보고나서야 상황이 심각함을 깨달을 수 있었다.

"누구냐? 어떤 놈이 감히 공격을 했단 말이냐?"

마월영 수장 천리요안이 비틀거리는 사내의 몸을 잡고 물었다.

"처, 천추세가. 놈들은 스스로를 천추세가라 하였습니다."

순간, 천리요안의 얼굴이 하얗게 질렸다.

"지, 지금 처, 천추세가라 한 것이냐?"

천리요안이 덜덜 떨리는 음성으로 되물었다.

"그, 그렇습니다. 그리고 곧바로 공격이 이어졌습니다. 그런데……."

뭔가를 떠올린 사내가 공포에 물든 얼굴로 소리쳤다.

"괴, 괴물들입니다. 괴물들이 공격을 해왔습니다."

"괴물? 괴물이라니 뭔 헛소리야?"

곤패는 그가 헛소리를 내뱉는다고 여기곤 짜증을 냈다. 하지만 천리요안과 군사 제갈궁은 사내의 음성에 곧바로 뭔가를 떠올렸다.

"불사완구!"

제갈궁과 천리요안이 동시에 외쳤다.

"저 녀석이 말하는 것이 불사완구라면 천추세가가 기습을 해온 것이 틀림없는 것 같습니다."

천리요안의 다급한 음성에 엽소척은 코웃음을 쳤다.

"이런 벌건 대낮에 스스로 정체를 밝히고 정문을 뚫고 들어오는 것도 기습이란 말이냐? 한심한 놈. 대체 마월영의 수장이라는 놈이 적이 코앞까지 올 때까지 뭘 하고 있었단 말이냐?"

"죄, 죄송합니다."

입이 열 개라도 할 말이 없던 천리요안은 감히 고개를 들지 못했다.

"마존. 지금은 천리요안의 죄를 논할 때가 아닌 것 같습니다."

엽소척의 시선이 제갈궁에게 향했다.

"제대로 허를 찔렸습니다. 놈들이 이렇듯 당당하게 공격을 감행했다는 것은 그만큼 자신이 있다는 말이 됩니다. 그리고 장강이북을 평정한 저력을 감안했을 때……."

엽소척의 입꼬리가 살짝 올라갔다.

"감안했을 때?"

멈칫한 제갈궁이 입술을 꽉 깨물고 대답했다.

"상당히 위험한 상황입니다."

"위험하다라. 그래 군사가 그렇다면 그런 것이겠지. 제법 준비도 많이 했을 것이고."

순순히 고개를 끄덕인 엽소척이 천천히 자리에서 일어났다.

"그래도 변할 건 없다. 그저 보여주면 되는 것이야. 감히 본 성을 침입한 결과가 어떤 것인지를 말이다."

마존다운 자신감이었다.

잠시 동요를 했던 수뇌들이 언제 그랬냐는 듯 평정심을 되찾았다.

지금껏 단 한 번도 공격을 받은 적이 없기에 순간적으로 잊고 있었던 것이다. 마황성이 어떤 곳인지를.

그러나 상황은 생각보다 쉽지 않았다.

또 한 명의 전령이 군림각의 문을 박차고 들어왔다.

평소라면 있을 수 없는 일이었지만 지금은 그런 것을 따질 상황이 아니었다.

"치, 침입자가……."

"천추세가가 정문을 뚫고 들어왔음은 이미 알고 있다."

공벽이 말을 잘랐다.

"그리고 걱정할 것 없다. 물리치면 그만이다."

전령이 영문을 모르겠다는 얼굴로 입을 열었다.

"그, 그것이 아닙니다, 대장로님."

"무슨 소리냐?"

"삼왕산 정상 쪽에 있는 모든 경계초소가 당했습니다. 침입자가 있다는 것을 알고 마풍단(魔風團) 두 개조가 투입되었습니다만 순식간에 전멸을 당했고 지금은 역으로 본진이 공격을 당하고 있습니다."

"천추세가라고 하더냐?"

제갈궁이 물었다.

"아, 아닙니다. 정체는 알 수가 없었습니다."

정체를 알 수 없다는 말에 제갈궁은 곤혹스러움을 감추지 못했다.

"어차피 천추세가 놈들이겠지."

곤패의 한마디에 다들 동조하는 얼굴이었다.

그도 그럴 것이 당금 천하에 마황성을 공격할 수 있는 세력은 천추세가를 제외하곤 단 한 곳도 없었기 때문이었다.

"협공인 것 같습니다."

천리요안이 조심스레 말했다.

가능성이 가장 높기에 제갈궁은 묵묵히 고개를 끄덕였다. 하지만 마음 한편에 일렁이는 불안감을 지우진 못했다.

그런 불안감을 부채질이라도 하듯 북쪽에서 엄청난 폭음소리와 함께 지축이 흔들리는 듯한 진동이 군림각을 덮쳐왔다.

"버러지 같은 놈들이 감히!"

마황성의 수뇌들이 적을 막기 위해 반사적으로 뛰쳐나갔다.

　움직이지 않는 사람은 엽소척과 제갈궁 단 두 사람뿐이었다.

＊　　　＊　　　＊

　"이, 이럴 수가!"

　외당 당주 가돈후(苛敦厚)는 눈앞에 펼쳐진 광경을 믿을 수가 없었다.

　외당이 비록 마황성의 주력은 아니었고 최정예들에 비해 다소 실력이 밀리는 것은 사실이나 그건 상대적으로 마황성의 정예들이 워낙 강한 실력을 지니고 있어서 그렇지 외당에 속한 이들이 결코 약한 것은 아니었다.

　스스로 무림의 어떤 문파의 제자들과 싸운다고 하더라도 밀리지 않으리라 자신했던 가돈후는 난생처음으로 지독한 무력감을 맛보고 있었다.

　"어디서 저런 괴물이 나타났단 말이냐!"

　가돈후가 발악을 하듯 소리쳤다.

　그때 온몸에 피칠갑을 한 부당주 도담이 가돈후에게 달려왔다.

"퇴각해야 합니다. 아예 상대가 되지 않습니다."

"안 돼. 놈들을 막아내진 못한다고 하더라도 최소한 안쪽에서 대응을 할 시간을 벌어져야 한다. 그게 우리의 임무야."

"하지만……."

"퇴각은 없다. 버텨!"

가돈후가 이를 악물고 소리쳤다.

그것이 얼마나 말도 되지 않는 명령인지, 그나마 남은 수하들을 사지로 내모는 것인지 그도 모르지 않았다.

그럼에도 외당 당주로서 그런 명령을 내릴 수밖에 없었다.

"불사… 완구. 정무맹을 단숨에 쓸어버렸다는 소문이 결코 과장이 아니구나. 아니, 오히려 과소평가 되었다. 저놈들은 실로……."

가돈후는 수하들을 도륙하는 불사완구의 모습을 보면서 전율을 금치 못했다.

생명이 없는 강시와 같다는 소문과는 달리 불사완구의 움직임은 살아 있는 사람들과 다를 것이 없었다.

거기에 도검불침에 가까운 신체, 죽음도 도외시하고 덤벼드는 기세는 실로 공포스러워 변변히 대항을 하는 수하들이 없었다.

그나마 몇몇 고참이 서로를 도와가며 근근이 버티고는 있었지만 그저 버티는 것뿐 반격은 꿈도 꾸지 못했다. 아니, 애당초 반격을 해봤자 그들은 불사완구에 타격을 입힐 실력이 되지 않았다.

정문이 뚫리지 정확히 반각.

외당 병력의 구 할이 목숨을 잃었다.

"확실히 강력하군."

뒤쪽에서 불사완구의 활약을 지켜보던 한호가 만족한 미소를 지으며 고개를 끄덕였다.

"더욱 강해진 것 같습니다."

한호를 그림자처럼 수행하는 천위영주 허표는 불사완구의 실력이 이전에 비해 훨씬 늘었음에 놀라워했다.

"천검이 밤낮으로 애를 썼다. 강시와는 달리 학습 능력이 있다더니 네 말대로 확실히 실력이 늘긴 했어."

한호가 광의로부터, 정확히 말하면 혈사림으로부터 불사완구를 빼앗아 온 것이 얼마나 큰 천운이었는지를 새삼 느끼고 있을 때 멀리서부터 연이어 폭음이 들려왔다.

쿠쿠쿠쿵!

엄청난 진동이 마황성 전체를 뒤흔들었다.

막 마황성 정문을 돌파한 천추세가의 정예들도 확연히 느낄 수 있을 만큼 거대한 울림이었다.

"저쪽도 시작한 모양이군."

한호가 고개를 들어 삼왕산을 바라보며 말했다.

"제법 시간을 잘 지키는군요."

호법 해금영(海錦纓)이 가슴까지 내려온 수염을 가볍게 쓰다듬으며 말했다.

"그나저나 말로만 들었지 정말 대단한 규모군요."

하후천은 정문을 지나 위쪽으로 빼곡히 들어선 크고 작은 건물과 그 사이를 연결하는 수십 갈래의 통로를 보며 혀를 내둘렀다.

"게다가 건물이 지어진 순서가 요상한 것이 공략하기가 쉽지 않을 것 같소이다."

쾌검으로 일가를 이룬 장로 표갈음(豹渴音)이 이맛살을 찌푸리며 말했다.

"굳이 밀고 올라갈 필요는 없소."

"예?"

한호의 말에 다들 의문을 표시할 때 의미심장한 눈빛으로 마황성을 올려보던 한호가 뇌화문의 정예를 이끌고 합류한 허망(許茫)을 불렀다.

"허 장로."

"예. 가주."

"가볍게 인사나 하고 오시구려. 하면 알아서들 나오겠지."

한호의 말뜻을 금방 이해한 허망이 미소를 지었다.

"알겠습니다. 굳이 좁아터진 곳에서 싸울 필요는 없겠지요."

허망이 앞으로 나서자 뇌화문의 정예들이 그 뒤를 따랐다.

비록 많은 숫자는 아니었지만 개개인의 실력은 군림대에 버금갈 정도로 뛰어난 자들이었다.

그중 몇몇은 화기를 다루는 데 탁월한 능력을 지니고 있었다.

허망이 수하들을 데리고 불사완구가 미쳐 날뛰고 있는 전장을 뚫고 사라졌다.

그리고 잠시 후, 굉음과 함께 주변 전각 몇 개가 한꺼번에 무너져 내렸다.

지켜보던 한호가 조용히 한 마디를 내뱉었다.

"퇴각."

"태, 태상!"

백팔마령의 수장 벽혈마군 호밀악은 눈앞의 상대가 이십여 년 전 염라옥에 갇힌 구양걸임을 알아보곤 그 자리에서 얼어붙었다.

"오랜만이군."

구양걸이 창백하게 질린 얼굴의 호밀악을 보며 담담히 웃음을 지었다.

"구룡검(九龍劍)을 들고 있는 것을 보니 백팔마령의 수장이 된 모양이군."

"그, 그렇소."

호밀악이 얼떨결에 고개를 끄덕였다.

"그렇소? 옛날에 감히 눈조차 마주치지 못하던 네놈이 돼지고 싶어 환장을 했구나."

구양걸과 함께 염라옥에서 나온 노인들 중 한 명이 버럭 소리를 질렀다.

호밀악이 굳은 표정으로 음성의 주인을 살폈다.

낯이 익었다.

과거에 비해 등이 굽고 팽팽했던 얼굴에 주름이 가득했지만 슬쩍 노려보는 것만으로도 오금을 저리게 할 정도로 부리부리한 눈과 얼굴 한복판을 가로지르는 굵은 흉터는 아무리 세월이 흘러도 잊으래야 잊을 수가 없었다.

"대, 대령주?"

눈앞의 노인이 전, 전대 백팔마령의 수장 염화마소(拈華魔笑) 막소풍(莫消風)임을 알아본 호밀악이 자신도 모르게 한 걸음 뒤로 물러났다.

"크크크! 기특하게도 노부를 기억하고 있었구나. 상으로 편히 보내주도록 하마."

"이거야 원. 그 애송이 놈이 구룡검의 주인이 되었다니 말이야."

대머리 노인이 막소풍 뒤에서 고개를 빼꼼히 내밀었다.

'독두옹(禿頭翁) 이수교(李垂敎)다. 대체⋯⋯.'

그제야 구양걸과 함께 나타난 노인들을 자세히 살피게 된 호밀악의 안색은 그야말로 썩어문드러진 감자처럼 검게 변해갔다.

그도 그럴 것이 구양걸의 존재만으로도 숨을 쉴 수가 없을 정도로 공포스러웠건만 노인들 또한 구양걸 못지않은 괴물들이었기 때문이었다.

하지만 그런 두려움도 잠시뿐이었다.

근래 들어 마황성에서 가장 호전적인 인물로 알려진 호밀악은 자신의 위치를 금방 인지했다.

과거엔 그들이 태상이었고 백팔마령의 수장이었는지 몰라도 지금은 아니었다.

그들이 염라옥에서 수십 년을 썩고 있는 동안 호밀악은 실로 치열한 생존다툼을 벌여왔다.

그 결과가 바로 손에 들린 구룡검이었다.

비로고 과거의 기억에서 벗어난 호밀악이 한결 여유 있는 모습으로 주변을 살피기 시작했다.

마황성을 기습한 자들의 수는 구양걸 등을 제외하고 대략 백여 명.

그에 반해 전멸 당하다시피한 마풍단과 자신이 이끌고 온 병력의 수를 합하면 대략 백오십 정도 되었다.

수적으론 조금 우세했지만 상대의 기세가 만만치 않은 게 수적인 우세는 별다른 의미가 없을 듯싶었다.

결국 싸움의 결과는 자신이 구양걸 등을 막느냐, 그렇지 못하느냐에 달려 있다고 해도 과언이 아니었다.

그나마 다행이라면 계속해서 지원 병력이 유입되고 있다는 것과 함께 온 다섯 명의 호법과 열두 명의 백팔마령의 실력이 충분히 믿을 수 있을 정도로 강하다는 것.

"그냥 염라옥에 계셨으면 좋았을 것을 그랬소. 그렇다면 이렇게 개죽음을 당할 필요까지는 없었을 것을."

승리를 확신한 호밀악의 얼굴에 진한 미소가 맴돌았다.

*   *   *

마황성 앞, 삼왕봉을 중심으로 십만대산의 웅장한 봉우리가 병풍처럼 휘감고 있는 분지.

정문을 부수고 그곳을 지키던 모든 외당 소속 무인들까

지 순식간에 전멸시킨 뒤, 뇌화문으로 하여금 마지막을 화려하게 장식하게 한 천추세가는 한호의 명에 따라 넓은 분지로 후퇴하였다.

아무래도 지형적으로 불리한 마황성이 아니라 탁 트인 분지에서 승부를 보는 것이 낫다고 판단한 것이었는데 한호의 의도대로 잠시 후, 십이장로의 수장 공벽을 필두로 마황성에서 엄청난 수의 무인이 분지로 쏟아져 나오기 시작했다.

사백이 넘는 천추세가의 정예들.

그리고 그들을 응징하기 위해 움직인 마황성의 병력은 그 배를 훌쩍 뛰어넘어 천여 명에 이르렀다.

서로의 정체를 알고 의도도 알고 있는 상황에서 다른 말은 필요가 없었다.

그 많은 인원이 한데 엉켜도 부족함이 없었으나 나름 아늑한 풍광을 자랑하던 분지가 초토화되는 것은 순식간이었다.

눈 깜짝할 사이에 수십 명의 목숨이 사라지고 그들이 흘린 피가 아직도 새벽이슬을 머금고 있는 대지와 분지 중앙을 관통하는 냇물을 붉은 피로 물들였다.

"물러서지 마라! 뭣들 하는 거야 이 병신들아! 밀리면 끝장이라는 걸 몰라!"

엽소척의 제자이자 전마단(戰魔團) 단주 곤섬의 악에 받친 외침이 전장을 쩌렁쩌렁 울렸다.

감히 마황성을 상대로 도발을 해온 천추세가를 웅징하기 위해 선봉에 선 전마단.

적우가 이끌고 장강수로맹으로 간 천마단(天魔團)에 견주어도 결코 밀리지 않는 전투력을 자랑하는 전마단은 그 명성 그대로 무시무시한 기세로 공격을 시작했다.

겉으로 내색하지는 않고 있지만 내심 후계자 자리를 욕심내고 있던 곤섬은 이번 기회에 확실히 공을 세워 적우에게 완전히 쏠려 있는 분위기를 조금은 바꿔보겠다는 각오로 적진을 향해 용맹하게 돌진을 했다.

시작은 나름 괜찮았다.

그들과 맞서기 위해 나섰던 하후세가의 무인들이 의외로 쉽게 무너졌다.

비록 목숨을 잃은 자들은 소수에 불과했지만 겁을 집어먹고 후퇴하는 하후세가의 모습을 보면서 전마단은 물론이고 마황성 전체의 사기가 크게 고무되었다.

하지만 그것이 실수였다.

손쉬운 승리를 예상한 전마단의 무인들이 공을 다투기 위해 무리하게 공격을 감행하다가 좌우로 크게 돌며 포위진을 구축한 하후세가의 역공에 말려 상당한 타격을 입고 말았다.

후미에서 곧바로 지원군이 도착을 해 그나마 최악의 결과를 막을 수는 있었지만 전마단과 곤섬은 씻기 힘든 치욕이었다.

이후, 실수를 만회하기 위해 곤섬과 전마단은 그야말로 목숨을 내걸고 싸움에 임했다.

안타깝게도 방심을 했던 조금 전과는 달리 이번엔 상대가 너무 좋지 않았으니 하후세가가 잠시 뒤로 빠진 틈을 다름 아닌 불사완구가 메꾼 것이었다.

불사완구의 위력 앞에 변변한 대항도 해보지 못하고 모조리 몰살을 당한 외당의 병력에 비할 바는 아니라 해도 전마단 역시 속수무책으로 당하기는 마찬가지였다.

불사완구를 막기 위해 전마단과 상당히 앙숙 관계에 있던 유마단(幽魔團)까지 뛰어들었지만 상황은 그리 나아지지 않았다.

"으악!"

불사완구의 공격을 감당하지 못한 수하 하나가 처절한 비명을 지르며 쓰러졌다.

공포로 짓눌린 눈동자, 덜덜 떨리는 입술.

목숨이 끊어지는 순간까지 삶에 애착을 버리지 못한 듯 두 손은 허공으로 솟구쳐 있었다.

"이 빌어먹을 괴물아!"

곤섬은 목숨을 잃은 수하의 몸을 난도질하는 불사완구를 향해 미친 듯이 칼을 휘둘렀다.

한참을 정신없이 밀리던 불사완구는 결국 곤섬의 힘을 감당하지 못했다.

불사완구의 목이 그대로 날아가며 강철보다 단단한 몸뚱이가 앞으로 고꾸라졌다.

"꺼져라!"

불사완구의 몸뚱이가 수하의 몸을 덮지 못하도록 통나무처럼 커다란 발로 걷어차는 곤섬의 이마엔 굵은 땀방울이 흘러내리고 있었다.

"이제 겨우 세 마리."

적다면 형편없이 적은 수였지만 전마단 전체에서 쓰러뜨린 불사완구의 수가 고작 아홉이라는 것을 감안하면 곤섬의 활약은 실로 대단한 것이었다.

하지만 문제는 불사완구를 모조리 쓰러뜨리기 위해 앞으로 얼마나 많은 피해가 발생할지 모른다는 것.

전마단만 해도 이미 칠십이 넘는 인원이 목숨을 잃었고, 유마단 또한 비슷한 수의 불사완구를 쓰러뜨리기 위해 상당한 대가를 치르는 중이었다.

"상황이 이런데 이 빌어먹을 영감들은 대체 뭣들 하는

거야!"

그때, 곤섬을 향해 한쪽 어깨가 너덜너덜한 불사완구가 달려들었다.

"네놈들은 지치지도 않냐!"

곤섬이 짜증나는 얼굴로 소리를 질렀다.

번쩍!

청광이 나타났다 사라지는가 싶더니 곤섬을 향해 덤벼들던 불사완구가 목이 잘려 쓰러졌다.

힘없이 무너지는 불사완구를 멍한 눈으로 바라보던 곤섬의 눈에 나무토막처럼 빼빼마른 노인의 모습을 들어왔다.

"당숙!"

"언제는 빌어먹을 영감이라며?"

"그 귀는 여전히 밝네요. 한데 혼자 오신 겁니까?"

주변을 두리번거리던 곤섬은 전장을 향해 사방에서 다가오는 노인들을 확인하곤 희색을 띠었다.

"쯧쯧, 네놈이 그런 표정도 지을 줄 알았더냐? 그나저나 갑자기 마월영 녀석들이 들이닥치기에 짐작은 했다만 확실히 위험하기는 하구나."

곤월단(崑越旦)이 혼전에 혼전을 거듭하는 전장을 두루 살피며 말했다.

불사완구를 막고 있는 전마단과 유마단, 그리고 그들을 지원하기 위해 나선 노고수들은 위태롭기 짝이 없었고, 마황성의 핵심이라 할 수 있는 십팔호법과 백팔마령 등은 천추세가의 식객들과 하후세가의 노고수들, 그리고 군림대에 의해 막혀 있었다.

한쪽에선 신마단(神魔團)이 천추세가의 멸혼과 치열한 격전을 펼치고 있었는데 개개인의 실력은 멸혼이 위에 있었지만 병력의 차이 때문인지 어느 한쪽이 쉽게 승기를 잡지 못하고 있었다.

"어쨌든 시급한 것은 이놈들을 정리하는 것 같구나."

곤월단이 자신을 향해 덤벼드는 불사완구를 향해 검을 날리며 말했다.

자신의 검이 정확히 가슴을 훑고 지나갔음에도 별다른 타격을 받지 않는 불사완구를 보며 곤월단의 미간이 살짝 찌푸려졌다.

비록 오성의 공력에 불과했다지만 생채기 하나 내지 못하자 조금은 자존심이 상한 듯했다.

"그런 식으론 어림도 없습니다. 최소한 방금 전에 보여줬던 수준의 공격은 되어야, 그리고 반드시 목을 날려야 쓰러뜨릴까 말까라고요. 그렇다고 다 성공하는 것도 아닙니다. 영혼도 없는 껍데기 주제에 쉽게 허점을 보이는 놈들이 없어요."

주인인 천검의 명령 때문인지 아니면 혼을 잃어버린 와중에서도 몸으로서 기억하고 있는 생존 본능인지 후퇴를 모르는 불사완구였지만 의외로 목을 공격당할 때의 반응은 확실히 달랐다.

마치 그곳이 약점이라는 것을 알기라도 하듯 일순간이나마 두려운 표정도 보이는 것 같았고 보호하려고 애를 쓰기도 하는 것이다.

"네놈 걱정이나 해."

곤섬의 말을 일축한 곤월단이 검을 치켜세우자 검끝에서 푸른 청광이 일장이나 솟구쳐 올랐다.

"흐흐흐! 과연 당숙이시군. 산속에 처박혀 계시더니만 실력이 더 느셨어."

천추세가의 거센 공격 속에서 잠시나마 불안감을 느꼈던 곤섬은 불사완구를 상대하고자 접근하는 노고수들을 보며 자신의 생각이 한낱 기우였음을 확신했다.

"호오."

직접 싸움에는 참여하지 않고 후미에서 전장을 살피고 있던 한호가 낯선 노인들의 등장에 호기심을 보였다.

"저들이로군. 마황성 최후의 보루라는 자들이."

"그렇습니다. 현직에서 은퇴하고 생의 마지막을 정리하

기 위해 십만대산 곳곳에 칩거한 자들이지요."

인요가 얼른 설명을 덧붙였다.

"저자들에 비해 확실히 강해 보이는군. 여유도 있어 보이고."

한호가 군림대에 하후세가, 군림대의 연합 공격에 시달리는 마황성 수뇌진을 보며 힐끗거리며 말했다.

"사람들이 어째서 마황성, 마황성 하는지를 알겠습니다. 불사완구가 아니라면 솔직히 버거운 상대입니다. 군림대를 상대하는 자들이야 호법과 백팔마령 등이니 그렇다 쳐도 멸혼과 정면으로 상대할 수 있는 놈들이 있을지 상상도 못했습니다."

과거 멸혼을 직접 훈련시켰던 안운이 멸혼과 막상막하의 싸움을 벌이고 있는 신마단을 보며 놀라움을 감추지 못했다.

"확실히 정무맹과는 차이가 있는 것 같군요. 그저 외따로이 떨어져 거드름만 피우는 자들이라 생각한 제가 얼마나 멍청했는지 알 것 같습니다."

포석망(包席網) 불사완구를 몰아세우고 있는 곤월단을 뚫어져라 응시하며 말했다.

"그래서 두렵소, 포 장로?"

한호가 물었다.

포석망이 천천히 고개를 돌렸다.

"설마요. 강한 상대를 만나서 기쁠 뿐입니다. 중요한 것은 저들이 강한 것 이상으로 우리가, 천추세가가 강하다는 것 아니겠습니까?"

한호가 호승심을 활활 타오르는 포석망의 눈을 바라보며 옅은 웃음을 흘렸다.

"이미 상대를 정한 모양이오."

"그렇습니다."

고개를 끄덕인 포석망이 인요 곁에 있던, 오랫동안 마황성을 감시해 왔던 취운각의 홍고(洪鼓)에게 물었다.

"저자는 누구냐?"

"누구를 말씀하시는지……."

새롭게 참여한 고수들이 하나둘이 아닌지라 포석망이 가리키는 사람이 누구인지 쉽게 알아채지 못한 홍고가 조심스럽게 물었다.

"저자 말이다."

포석망이 매서운 솜씨로 불사완구를 몰아붙이는 곤월단을 가리키며 말했다.

"아! 십만마검(十萬魔劍) 말씀이군요."

"십만… 마검?"

"그렇습니다. 십 년 전, 스스로 장로직을 걷어차고 은퇴를 선언한 뒤, 산속으로 들어간 십만마검이 곤월단이 틀림 없습니다. 한번 무공을 펼치면 그 웅장함과 화려함이 마치 마황성을 에워싸고 있는 십만대산을 닮았다고 하여 십만마 검으로 불리는 자입니다. 제가 알고 있는 한 마황성의 장 로, 호법 중 그보다 강한 사람은 손가락을 꼽을 정도입니 다. 그만큼 강한 자입니다."

"그래? 그렇단 말이지."

포석망의 입가에 만족한 미소가 깃들었다.

"좋은 상대가 될 것 같소. 십이지신이 오랜만에 빛을 보 겠구려."

한호의 말에 포석망이 두 뼘 남짓한 비도 열두 자루를 꺼 내며 대답했다.

"그렇습니다. 다만 너무 오랫동안 쓰지 않아 날이 다소 무뎌지지 않았을까 걱정이 되는군요."

말과는 달리 정오의 햇빛을 만난 십이지신은 그 어떤 무 기보다 밝게 빛났다.

"기대가 되오. 아무튼 기왕 움직일 것 빨리 움직여 주시 구려. 남들 눈엔 괴물로 보이나 우리에겐 더없이 소중한 녀 석들도 보호를 해야 하니. 하하하!"

한호는 곤월단 등이 싸움에 참여하고부터 불사완구의 수 가 제법 줄었다는 것을 놓치지 않고 있었다.

한호의 허락을 받은 포석망이 전장으로 향했다.

그의 목표는 모습을 보일 때부터 점찍었던 곤월단이었다.

포석망을 시작으로 지금껏 싸움에 참여하지 않고 있던 천추세가의 장로, 호법들이 본격적으로 개입을 하기 시작했다.

호밀악이 잔뜩 긴장한 얼굴로 구양걸을 향해 검을 곧추세웠다.

"좋은 자세다."

구양걸이 칭찬을 했다.

사심이 담기지 않은, 단순한 조롱이나 비웃음이 아닌 진실된 말이었다.

그것을 알기에 호밀악이 느끼는 압박감은 더욱 커졌다.

상대의 강함을 한눈에 알아보면서도 태연히 칭찬을 할 수 있다는 것은 그 이상의 실력을 지니고 있음을 의미하는 것.

'제길! 곧 죽어도 무림십강이라는 건가?'

눈앞의 상대가 염라옥에 갇히기 전 이미 무림십강에 이름을 올렸던 괴물이라는 것을 상기하며 전신의 힘을 모았다.

'반드시 막는다.'

주변 분위기가 좋지 않았다.

기존 병력에 흑풍단까지 도착을 하여 압도적인 병력의 우위를 가져왔지만 어찌 된 일인지 기세 싸움에서 밀리고 있었다.

염라옥에서 썩어 있던 늙은이들의 무지막지한 실력은 둘째치고 그들과 함께 온 자들의 실력 또한 상당했다.

마황성에 대한 뼈저린 원한 때문인지 손속이 악랄하기 그지없었는데 펼치는 무공 하나하나에 깃든 살기가 소름 끼치도록 지독했다.

"최선을 다해야 할 것이다."

가볍게 읊조린 구양걸이 녹슨 칼을 가볍게 치켜세우며 자세를 잡았다.

단지 그 동작 하나만으로도 숨이 턱 막혀왔다.

조금 전, 승리를 확신하며 짓던 미소는 어느 샌가 온데간데없이 사라졌다.

구양걸이 완벽하게 무공을 회복했음을, 어쩌면 과거보다 더욱 강해졌으리란 것은 이미 온몸의 감각이 느끼고 있었다.

자칫하면 제대로 공격도 해보지 못하고 패할지 모른다는 위기감이 그를 움직이게 만들었다.

"하압!"

전신의 내력을 극성으로 끌어올리고 있던 호밀악이 힘찬 기합성과 함께 검을 내질렀다.

파스스슷!

예리한 파공성과 함께 십여 줄기의 검기가 구양걸을 노렸다.

구룡검을 그저 운이 좋아 차지한 것이 아니라는 것을 증명이라도 하듯 날카로움과 강맹함을 동시에 품은 위력적인 일격이었다.

호밀악의 선공에 구양걸도 곧바로 반응했다.

구양걸의 녹슨 칼이 가볍게 회전을 하며 짓쳐 드는 검기와 정면으로 부딪쳤다.

스치기만 해도 모든 것을 가루로 만들 것만 같았던 검기가 녹슨 칼에 부딪쳐 흔적도 없이 사라졌다.

호밀악의 안색이 싹 변했다.

기가 막힐 일이었다.

나름 혼신의 힘을 다한 공격이 그토록 터무니없이 막힐 줄은 상상도 하지 못했다.

얻은 것이라곤 칼에 슨 녹을 조금 벗겨낸 것뿐.

뿌드득!

피가 나도록 이를 간 호밀악의 몸이 하늘 높이 도약을

했다.

그리고 이어지는 절초들.

적자생존의 법칙이 그 어느 곳보다 뚜렷한 마황성의 치열한 경쟁을 이겨내고 호밀악을 백팔마령의 수장으로 만들어준 혈륜팔해(血輪八解)가 화려하게 허공을 수놓았다.

호밀악이 목숨을 걸고 펼치는 혈륜팔해의 위력은 가히 상상할 수 없을 만큼 위력적이었다.

눈 깜짝할 사이에 천하를 뒤덮는 검막이 구양걸의 움직임까지 차단했다.

두려움으로 물들었던 호밀악의 전신에서 섬뜩함을 느낄 정도의 투기가 뿜어져 나왔다.

'됐다.'

스스로 생각하기에도 자부심을 느낄 수 있을 정도로 뛰어난 공격이었다.

단언컨대 지금처럼 완벽한 연환 공격은 이전에도 없었고 이후에도 없으리라!

그러나 불안했다.

좀처럼 동요를 보이지 않는 구양걸의 담담한 얼굴이, 태산처럼 단단히 박혀 있는 두 다리가, 서서히 움직이기 시작한 녹슨 칼이 이상하리만큼 마음을 짓눌렀다.

호밀악의 불안감은 자신을 향한 공격을 담담히 지켜보던

구양걸이 마치 선인지로를 펼치듯 주변을 에워싸고 있던 검막에 녹슨 칼을 찔러 넣으면서 증명이 되었다.

그토록 위력적이었던, 온 천하를 뒤덮고도 남음이 있던 검막이 힘없이 찢어질 때, 그리고 단순하게만 보였던 단 한 번의 공격을 위해 구양걸이 얼마나 많은 힘을 집중시켰는지를 깨달았을 때 호밀악은 그와 구양걸의 실력 사이엔 거대한 벽이 가로막고 있음을 처절하게 느껴야만 했다.

"제법이었다."

단 한 번의 동작으로 호밀악이 지금껏 펼친 최고의 공격을 무력화시킨 구양걸이 나직한 칭찬과 함께 첫 반격을 해 왔다.

치치치칫.

쇠 긁는 소리와 함께 칼을 뒤덮고 있던 녹이 모조리 날아올랐다.

그러자 두 마리 용이 여의주를 물고 승천하는 모습이 양각된 도신이 선명하게 드러났다.

그것이 과거 무적마도라 불리던 구양걸의 애도 승룡(乘龍)임을 확인한 호밀악이 얼굴이 창백해졌다.

녹슨 칼이 본 모습을 드러낸 것처럼 구양걸 또한 마존 이상의 존재감을 보였던 무적마도의 모습으로 완벽하게 돌아왔다.

"그만 죽어라."

차가운 한마디와 함께 구양걸이 승룡을 뻗었다.

이미 대항할 엄두를 내지 못한 호밀악은 다가오는 빛무리를 느끼며 힘없이 눈을 감았다.

巫山三峽

第四十六章
불타는 십만대산(十萬大山)

따땅!

곤월단이 섬뜩한 파공성과 함께 짓쳐 들던 비도를 침착하게 쳐 냈다.

곤월단의 검에 막힌 비도가 방향을 잃고 사방으로 흩어졌다.

하지만 그것도 잠시, 포석망의 손에서 나머지 비도가 떠나고 땅에 떨어졌던 비도마저 갑자기 비상하여 공격을 해오자 곤월단도 당황할 수밖에 없었다.

그러나 나름 침착하게 대응을 하며 몸을 보호했다.

따따땅!

날카로운 금속성과 함께 힘없이 튕겨져 나가던 비도들이 또다시 방향을 틀어 곤월단의 전신 요혈을 노리며 쇄도했다.

기분 나쁜 마찰음과 함께 핏줄기가 튀었다.

"음."

곤월단의 입에서 나직한 신음이 흘러나왔다.

미리 대비를 했음에도 열두 방향에서 날아드는 비도를 완벽하게 피해내지를 못했다.

치명적인 부상을 피하긴 했어도 몸 곳곳에 적지 않은 부상을 당하고 말았다.

"역시 잘 피하는군."

차갑게 웃은 포석망이 다시금 비도를 뿌렸다.

포석망을 중심으로 조금 전보다 더욱 빠르고 날카로운 파공성과 함께 새하얀 빛무리가 사방으로 흩어졌다.

'놓치면 당한다.'

그러나 빛살보다 더 빠르게 움직이는 비도를 눈으로 파악을 하는 것은 불가능했다.

전신의 기감을 동원해도 한계가 있었다.

그만큼 포석망이 날리는 비도는 빠르고 은밀했다.

최선을 다해 방어를 했음에도 몸 곳곳에 상처가 늘어가

기 시작했다.

곤월단은 수세적인 상황에서 벗어나지 못하면 미래가 없다고 판단했다.

다소 무리를 해서라도 반격의 실마리를 찾아야 했다.

'살을 주고 뼈를 취한다.'

전신의 감각을 극한까지 끌어올린 곤월단이 본능에 따라 검을 움직였다.

따따따땅.

연속적으로 터져 나오는 금속성.

그렇다고 모두 막힌 것은 아니었다.

검망을 뚫고 들어간 비도 하나가 곤월단의 어깨에 깊숙이 박혔다.

몸이 휘청거리는 듯 보였지만 그야말로 찰나에 불과했다.

포석망은 생각보다 승부가 쉽게 끝날 것 같다는 생각에 실망감을 금치 못했다.

십만마검 운운하며 곤월단의 실력을 치켜세우던 홍고를 불러 혼을 내주리란 생각까지 할 정도였다.

순간적으로 찾아온 방심.

그것이 화를 불렀다.

곤월단의 어깨에 십이지신 중 '축(丑)'을 적중시키며 승리를 확신하던 포석망의 눈에 북극의 심해만큼 차갑게 가라앉은 곤월단의 눈동자가 포착되었다.

섬뜩한 기운이 등줄기를 훑고 갔다.

마음이 흩어지면 몸도 흩어지는 법.

곤월단의 검이 미리 승리를 예견하며 자신도 모르게 흐트러진 포석망의 빈틈을 파고들었다.

천하폭멸(天下爆滅).

곤월단의 익힌 절광검법(切光劍法)에서 가장 강력하고 위력적인 힘을 자랑하는 초식이 펼쳐졌다.

자연스런 흐름이 아니라 갑작스레 시전하느라 몸에 많은 무리가 따랐지만 위력만큼은 확실히 증명이 되었다.

앞을 가로막았던 비도 중 세 개가 흔적도 없이 박살이 났고 대다수가 방향을 잃고 튕겨져 나갔다.

간신히 목숨을 구했으나 폭발적으로 밀려들어오는 공세를 감당하느라 비도의 운용에 전력을 쏟았던 포석망은 상당한 내상을 당하고 말았다.

"우웩!"

아직까지도 남아 있는 여력을 감당하느라 연거푸 다섯 걸음을 뒤로 물러나던 포석망의 입에서 검붉은 피가 뿜어져 나왔다.

목숨을 걸고 잡아낸 기회를 놓칠 곤월단이 아니었다.

물러나는 포석망을 향해 절광검법의 절초들이 쏟아졌다.

몸을 움직일 때마다 온몸에서 비명을 내질렀지만 곤월단은 이를 악물고 고통을 참아냈다.

곤월단의 검이 움직일 때마다 포석망의 몸에 상처가 늘어갔다.

한번 기세를 잃자 되돌릴 방법이 없었다.

홍고의 말처럼 곤월단의 검법은 화려하면서도 뭔가 모를 묵직한 힘이 내포되어 있었다.

"크악!"

포석망의 입에서 고통스런 비명이 터져 나왔다.

곤월단의 검에 의해 포석망의 왼쪽 팔이 어깨에서부터 완전히 잘려 나갔다.

또 한 번의 비명과 함께 이번엔 오른쪽 다리가 잘려 나갔다.

힘없이 무너지는 포석망.

때마침 굳은 얼굴로 싸움을 지켜보던 한호와 포석망의 눈빛이 허공에서 얽혔다.

한호는 죽음에 임박한 포석망의 얼굴을 보며 주먹을 꽉 움켜쥐었다.

당장에라도 뛰쳐나가 구하고 싶었으나 차마 그럴 수가 없었다.

"크악!"

마지막이라 여겨지는 비명이 터져 나왔다.

한데 놀랍게도 비명 소리는 포석망이 아니라 최후의 일격을 날리려던 곤월단의 입에서 흘러나온 것이었다.

비틀거리며 물러나는 곤월단의 눈에 부러진 비도가 박혀 있었다.

곤월단의 검이 자신의 심장을 가르고 지나가는 순간, 마지막 일격을 날린 포석망의 시선은 한호에게 향해 있었다.

가슴이 미친 듯이 뛰기 시작했다.

"검을."

한호가 손을 뻗자 허표를 통해 천추세가의 가주임을 상징하는 장군검이 들려졌다.

그 옛날, 패왕과 천하를 놓고 다투었던 대장군 한신이 사용하던 검 패혼(覇魂)이었다.

"뭐라 했느냐? 지금 태상이라고 했느냐?"

되묻는 엽소척의 음성이 격정으로 가득 찼다.

천추세가가 공격을 해왔다는 말에도 크게 동요를 하지 않았던 것을 생각하면 실로 놀라운 일이었다.

"그, 그렇습니다. 삼왕봉 후사면을 통해 공격을 한 무리는 염라옥을 탈출한 태상과 그를 따르는 무리로 판명되었습니다."

염라옥의 동태를 제대로 파악하지 못한 것에 스스로 책임을 느끼고 있는 것인지 보고를 하는 천리요안의 얼굴은 침통하기 그지없었다.

"상황은 어떻습니까?"

제갈궁이 다급히 물었다.

"좋지 않네. 벽혈마군께서 이미 목숨을 잃은 것으로 파악이 되었고 그분이 이끌고 간 병력은 물론이고 흑풍단까지 철저히 괴멸된 상태라네. 그나마 다행이라면 흑풍단의 선전으로 적의 수가 처음보다는 절반 이하로 줄었다는 것이지만 여전히 위협적이지."

"누가 막고 있습니까?"

"급한 대로 내당의 수비병력과 여불상 장로와 임표 장로께서 그쪽으로 움직이셨지만 결과가 상대가 워낙 괴물 같은 자들이라······."

"안 됩니다. 벽혈마군께서 목숨을 잃으셨다면 태상은 과거의 힘을 완전히 되찾았다고 보는 것이 타당할 것입니다. 어떻게 염라옥에서 그것이 가능했는지 의아하지만 아마도 천추세가의 힘이 작용을 한 것이겠지요. 더불어 태상이 과거의 무공을 되찾았다면 그를 따르는 이들의 무공 또한 회복되었다고 봐야 할 것입니다. 만약 그렇다면 두 분 장로님만으론 감당할 수가 없습니다."

"하지만 방법이 없지 않나? 지금 정문의 상황도 만만치 않네. 병력을 빼낼 수가 없어."

"그쪽은 걱정하지 않으셔도 됩니다. 인근에서 예비 병력이 속속 도착 중입니다."

"아! 그거 다행이군. 하면 차라리 그 병력을 태상 쪽으로 돌리는 것이 어떤가?"

제갈궁이 한숨을 내쉬며 고개를 흔들었다.

"혼전 상황으로 치닫고 있는 상황이라면 모를까 그쪽엔 크게 도움이 되지 않을 것입니다. 예비 병력을 정문 쪽으로 돌리고 천추세가와 대적하고 계시는 어르신들을 모셔야 합니다."

"알았네. 바로 연락을 취하도록 하지."

천리요안이 황급히 물러나려 할 때 침묵을 지키던 엽소척이 그를 불러 세웠다.

"그만두어라."

"마존!"

제갈궁이 깜짝 놀라 소리쳤다.

"천추세가가 믿는 것이 바로 사제였군. 설마하니 염라옥을 노릴 줄이야."

"소, 송구합니다."

제갈궁과 천리요안이 동시에 머리를 조아렸다.

"그것이 어찌 너희의 잘못이겠느냐? 그 모든 것이 본좌의 허물인 것을."

"……."

잠시 회한에 찬 얼굴을 하던 엽소척이 제갈궁을 불렀다.

"제갈궁."

"예. 마존."

제갈궁이 벌떡 일어났다.

"예비 병력을 이끌고 즉시 정문으로 가라."

"예. 하오면 지원은……."

"필요 없다. 두 장로가 움직였다니까 그들이면 충분해. 아이들도 있고."

엽소척이 군림각 앞에서 시립하고 있는 천마수호대(天魔守護隊)를 가리켰다.

그들을 본 제갈궁이 안색이 조금은 밝아졌다.

인원은 비록 삼십에 불과했지만 마황성에서 그 어떤 이들보다 강력한 전투력을 지닌 이들이 바로 그들이었다.

"곧 가겠다. 그때까지 반드시 버텨야 한다."

"알겠습니다."

제갈궁이 굳은 표정으로 대답했다.

염라옥을 탈출한 이들이 완벽하게 무공을 회복했다는 것

이 다소 마음에 걸리기는 했지만 그는 엽소척의 실력을 믿어 의심치 않았다.

"요안."

"예, 마존."

"제갈궁을 지켜라. 네 목숨을 걸고. 어떤 일이 있어도 그를 지켜야 한다. 설사 마황성이 무너진다고 하더라도."

"존명!"

천리요안과 제갈궁이 물러나자 자리에서 일어난 엽소척이 벽에 걸린 애검을 움켜잡았다.

오랜만에 주인의 손길을 느낀 것인지 검에서 은은한 울림이 일었다.

한호의 어깨가 살짝 들썩였다.

순간, 그를 향해 달려들던 전마단의 무인들 셋이 그대로 무너져 내렸다.

"크으으."

미처 대항을 해보기도 전에 심장이 갈라진 사내는 한호를 향해 두 눈을 부릅뜬 채 숨이 끊어졌다.

그것이 시작이었다.

포석망의 죽음에 자극을 받은 한호는 전마단과 유마단을 도와 차근차근 불사완구를 제거하는 마황성의 노고수들을 향해 움직였다.

그를 막기 위해 무수한 인원이 움직였지만 가볍게 휘두르는 그의 검에 접근하는 이들 모두가 추풍낙엽이 되어 쓰러졌다.

마황성의 정예들답게 다들 상당한 실력을 지니고 있었으나 한호는 애당초 그들과는 수준 자체가 틀렸다.

패혼이 번뜩일 때마다 시체는 쌓여만 갔다.

"놈을 막아!"

보다 못한 곤월단이 한호를 가리키며 소리쳤다.

직접 나서고 싶었지만 그는 이미 포석망과의 싸움에서 만신창이가 된 상태라 그럴 수도 없었다.

곤월단의 말을 들은 것인지 아니면 한호의 전신에서 뿜어져 나오는 무시무시한 기세를 느낀 것인지 불사완구를 상대하던 이들 중 상당수가 한호를 막기 위해 달려왔다.

그들 눈에 한호가 지나온 길이 보였다.

좌우로 늘어진 무수한 시신들.

그들 모두가 자신들의 아끼는 제자요, 피붙이들이었다.

"뒈져랏!"

삼 년 전, 호법 자리를 놓고 은퇴를 한 학일홍(鶴一洪)이 노호성을 토해내며 달려들었다.

한호의 목덜미를 노리며 날아드는 창영(槍影).

그 속도가 어찌나 빠른지 마도제일창이라는 명성에 조금
도 부족함이 없었다.

전진하던 한호의 걸음이 처음으로 멈춰졌다.

학일홍의 공격 때문만은 아니었다.

그의 공격이 날카롭고 강맹하기는 했지만 그렇다고 한호
의 행보를 막을 정도는 아니었다.

한호의 걸음이 멈춘 것은 비단 학일홍뿐만 아니라 사방
에서 공격이 날아들었기 때문이었다.

한호마저도 결코 경시할 수 없는 무시무시한 공격이.

좌우로 몸을 비틀고 교묘히 발걸음을 놀리며 공격을 피
해낸 한호 앞에 학일홍을 포함하여 모두 일곱 명의 노인이
모습을 드러냈다.

하나같이 저승문턱을 코앞에 둔 노인들처럼 보였지만 그
들의 몸에서 풍기는 살기와 기세는 한호마저도 부담을 느
낄 정도였다.

"끼어들지 마라."

한호가 날카롭게 외쳤다.

한호를 돕기 위해 움직이려던 허표와 천위영의 움직임이
그대로 멈췄다.

한호는 금방이라도 잡아먹을 듯 노려보는 노인을 향해
씨익 웃었다. 그리곤 패혼을 까딱이며 말했다.

"오시오."

"이노옴!"

실로 광오한 한 마디에 분기탱천한 노인들이 일제히 달려들었다.

꽈꽈꽈꽈꽝!

한호와 일곱 명의 노고수가 펼치는 공방은 실로 놀라웠다.

지진이라도 난 듯 전장 자체가 뒤흔들렸다.

상상도 할 수 없는 충격파가 사방으로 비산하며 주변을 초토화시켰다.

그 충격파에 휘말려 목숨을 잃는 자들이 하나둘이 아니었다.

심지어 불사완구마저 팔다리가 잘려 널브러질 정도였다.

상황이 그러다 보니 곳곳에서 싸움이 멈춰질 수밖에 없었다.

괜히 버티다가 여덟 명의 절대자가 벌이는 싸움에 휘말며 어이없이 목숨을 잃을 수 있었기 때문이었다.

"기… 가 막히는군."

마황성 전체를 지휘하고 있는 공벽이 어이가 없다는 듯 중얼거렸다.

지금 한호와 대적하는 노인들이 누구던가!

지금은 은퇴를 했지만 한때는 마황성을 대표하는 고수들이었다.

특히 학일홍과 표갈음(豹渴音)은 마존마저도 예우를 해줄 정도로 대단한 무위를 지닌 자들이었다.

한데 그들이 단 한 사람을 상대로 합공을 하고 있었다.

더욱 놀라운 것은 그럼에도 불구하고 쉽사리 승기를 잡지 못하고 있다는 것.

"화산검선과 무승부를 펼쳤다더니만 이건 그 이상이 아닌가."

한호가 화산검선과의 승부 이후, 만검신군의 검을 얻어 새로운 경지를 이뤄냈다는 것을 모르고 있던 공벽은 노고수들과 팽팽히 맞서고 있는 한호가 도저히 인간으로 보이지 않았다.

"저, 저런!"

누군가의 입에서 안타까운 외침이 터져 나왔다.

빈틈을 노리고 들어갔다고 여겨진 학일홍이 오히려 한호가 파놓은 함정에 걸려 위태로운 상황에 처했다.

그 안타까운 외침이 비명으로 이어지는 것은 순식간이었다.

한호가 진짜 노린 사람은 학일홍이 아니라 그들 중 비교적 무위가 떨어지던 노인이었고 의도는 제대로 적중했다.

"안 돼!"

초조하게 싸움을 지켜보던 제갈궁이 자신도 모르게 소리쳤다.

조금 전, 예비 병력 삼백을 이끌고 전장에 도착한 제갈궁은 눈앞에 펼쳐진 상황을 곧바로 이해했고 싸움의 결과가 장차 대국을 결정 지으리라는 것을 직감했다.

하나, 그의 안타까운 외침과는 상관없이 한호의 검에 당한 노인의 머리가 허공으로 치솟았다.

팽팽했던 공방이 그때를 기점으로 한호에게 급격하게 쏠리기 시작했다.

위험을 직감한 몇몇 고수가 나머지 사람들을 구하기 위해 움직이려 하였지만 천위영에 가로막혀 뜻을 이루지 못했다.

"크악!"

또 한 명의 고수가 가슴을 부여잡고 무너져 내렸다.

천추세가 진영에서 거대한 함성이 터져 나왔다.

한번 무너진 둑은 결코 회복되지 않는 법.

그토록 격렬하게 이어졌던 싸움의 끝은 의외로 허망했다.

'끝이군.'

부러진 창을 들고 자신의 목을 향해 날아드는 검을 바라보던 학일홍의 얼굴엔 허탈함만이 남아 있었다.

학일홍마저 무너지자 마지막 남은 표갈음은 홀로 견딜 방법이 없었다.

"으으으으."

자신의 가슴에 박힌 패혼을 움켜쥔 표갈음이 믿기 힘들다는 얼굴로 한호를 바라보았다.

"좋은 대결이었소. 잘 가시오."

한호가 그의 가슴에 박힌 패혼을 빼며 조용히 말했다.

"컥!"

마지막까지 대항했던 표갈음의 입에서 터져 나온 비명을 끝으로 전장의 모든 시선이 집중됐던 싸움이 끝이 났다.

"후~"

한호의 입에서 장탄식이 흘러나왔다.

땀으로 번들거리는 얼굴, 크고 작은 부상이 온몸을 뒤덮어 혈인의 모습을 하고 있었지만 얼굴만큼은 그렇게 후련해 보일 수가 없었다.

한호가 노고수들의 피로 번들거리는 패혼을 어깨에 툭 걸치곤 몸을 돌렸다.

순간, 숨죽이고 싸움을 지켜보던 천추세가의 무인들이 일제히 함성을 내질렀다.

"이겼다!"

"가주님 만세!"

아직 싸움이 끝나지 않았음에도 승리를 기정사실처럼 여기는 함성이 십만대산을 뒤흔들었다.

그와는 반대로 믿어지지 않는 결과를 지켜본 마황성의 무인들은 깊은 침묵에 빠질 수밖에 없었다.

뇌리에 패배라는 글자가 점점이 새겨지기 시작했다.

더불어 그들은 마황성 최후의 보루라 할 수 있는 마존 엽소척의 존재를 간절히 바라고 있었다.

*　　　*　　　*

"오랜만이오, 사형."

구양걸이 환하게 웃으며 인사를 했다.

"오랜만일세, 사제."

엽소척도 담담히 미소를 지으며 고개를 끄덕였다.

마침내 마황성의 전성기를 이끌었던 두 사람이 마주했다.

호사가들은 이십여 년 전, 마황성에 반역이 없었다면, 마존과 무적마도가 합심하여 끝까지 마황성을 이끌었다면 천추세가가 나타나기도 전에 무림은 마황성의 발아래에 무릎을 꿇었을 것이라 단언했을 정도로 당시 마황성의 위세는 대단했다.

하지만 운명은 그들로 하여금 서로에게 무기를 겨누게 만들었고 또다시 적으로 마주하게 만들었다.

"너무 과한 것 같군. 그래도 모르는 처지도 아닌데."

엽소척은 숨은 붙어 있으되 푸줏간 고깃덩이와 다름없는 여불상과 사지가 끊겨 숨이 끊긴 임표의 주검을 보며 한숨을 내쉬었다.

두 사람이 구양걸을 막기 위해 움직인 시간이 채 반각도 되지 않았건만 설마하니 그런 그 꼴이 되리라곤 상상도 하지 못했다.

이는 곧 구양걸이 과거의 실력을 완벽하게 회복했다는 것을 의미했다.

어쩌면 그 이상일 수도 있었다.

"많이 강해졌군. 명색이 마황성의 장로인데."

"한이 깊은 만큼 무공도 강해진 모양이오. 사형도 많이 달라지긴 하셨소."

"그런가? 하긴 변변찮은 자리라지만 그래도 버티고 앉으려면 나름 노력을 할 수밖에 없었다네."

순간, 구양걸의 얼굴 전체서 서늘한 미소가 번져 갔다.

"그런 변변찮은 자리에 참으로 미련이 많소이다."

"그러게. 지금 와 생각해 보면 귀찮기 짝이 없는 자리인데 말일세."

"한데 그렇게 애를 쓴 것이오? 그 많은 피를 보아가면서?"

"……."

"애당초 사형께서 그 아이를 후계자로 인정만 하셨으면 아무런 문제도 없었을 것이오."

구양걸이 차갑게 외치자 엽소척이 고개를 흔들었다.

"그때도 말했지만 그 아인 마황성을 이끌어 갈 재목이 아니었네. 사제가 지닌 재능의 절반만이라도 이어받았다면 그런 고민도, 문제도 생기지 않았겠지. 하지만……."

"하지만 뭐요? 사형의 눈에는 그리 보였을 수 있을지 모르나 그 아이는 나름 인정을 받고 있었소. 비록 무공 면에선 부족할지 몰라도 마황성을 경영할 충분한 능력을 갖고 있었단 말이오."

"그것이 사제와 나의 가장 큰 차이점이었지. 결코 타협할 수도 없는 큰 차이점."

엽소척이 한숨을 내쉬었다.

막소풍이 버럭 소리를 질렀다.

"가식은 그만 거두시오, 마존. 그건 그저 구차한 변명에 불과한 것이오. 그렇다고 조카를 암살한 죄가 없어지는 것은 아니지 않소."

엽소척의 시선이 막소풍을 향했다.

"그때나 지금이나 낄 때 못 낄 때를 구별하지 못하는구나."

"그게 무슨……."

발끈한 막소풍이 뭐라 말을 하려던 찰나, 그는 전신을 압박해 들어오는 엽소척의 기운에 짓눌려 감히 입을 열지 못했다.

"네놈 따위가 나설 자리가 아니란 말이다."

기세로서 사람을 압살을 할 수 있다는 것이 바로 이런 것일까?

엽소척은 인간이 뿜어낼 수 있는 것이라고 상상도 할 수 없는 기세를 일으켜 막소풍을 옴짝달싹하지 못하게 만들었다.

그런 엽소척의 신위를 보며 구양걸의 표정이 살짝 굳었다.

과거에 이미 백팔마령의 수장에 올랐던 막소풍이었다.

비록 이십여 년 동안 염라옥에서 썩으면서 몸뚱이는 많이 망가졌지만 머리까지 망가진 것은 아니었다.

오히려 염라옥에서 지내는 동안 그때까지 익혔던 모든 무공을 다시 정립하였고 아주 미세한 부분까지 파고 들어가 보다 완벽한 무공을 만들어냈다.

거기에 지난 일 년간 천추세가의 도움으로 산공독을 완벽하게 해독을 했고 뒤틀린 기경팔맥까지 완벽하게 바로잡았다.

물론 그 과정은 죽을 만큼 고통스런 시간이었지만 어떤 면에선 염라옥에서 만들어낸 무공을 자신의 것으로 만드는 소중한 시간이기도 했다.

게다가 부작용을 떠나 몽몽환이란 단약은 그들에게 날개를 달아주었으니 일시적이나마 그들 모두는 과거와는 비교할 수 없을 정도로 강해진 상태였다.

한데 놀랍게도 엽소척은 그들 이상으로 강해진 것이었다.

"그만하시오."

구양걸의 한 마디에 막소풍을 옥죄던 모든 기세가 눈 녹듯이 사라졌다.

넋이 나간 얼굴로 엽소척을 바라보는 막소풍.

그의 눈에 비친 엽소척은 그야말로 괴물이나 다름없었다.

"그때도 말했지만 난 그 아이를 해친 적이 없다. 당연히 그런 명령을 내리지도 않았지."

"……."

구양걸은 아무런 말도 없이 물끄러미 엽소척을 바라보

앉다.

그의 말대로 이십여 년 전에도 똑같은 말을 했다.

당시에는 믿지 못했다.

당연했다.

모든 정황 증거가 범인이 사형이라 지목했기 때문이었다.

설사 사형이 아니라 사형을 따르는 수하들의 짓이라 해도 같은 의미였다. 그로 인해 충돌이 있었고 결국 반란이란 이름으로 염라옥에 갇히게 되었다.

세월이 흐르고 염라옥에 갇혀 있는 동안 생각이 조금 바뀌었다.

생각하면 생각할수록 당시에는 보이지도 않고 보고 싶지도 않던 여러 의문점이 고개를 쳐들었다.

어쩌면 사형이 범인이 아닐 수도 있다는 생각에 동의를 할 수도 있었다.

그래 봤자 의미는 없었다.

"돌이키기엔 너무 늦었소, 사형. 무슨 말을 하든 그때 죽은 식솔들이 되살아날 수는 없으니까. 우리야 상관없지만 아무런 죄도 없는 그들에겐 그래선 안 되는 것이었소."

"그래서 천추세가의 개가 되어 나타난 것인가?"

엽소척이 분노가 섞인 음성으로 물었다.

"천추세가든 무엇이든 상관은 없소. 중요한 것은 그들이 절망감에 빠져 죽어가고 있던 우리에게 희망을 주었다는 것이고 그들에게 진 빚을 갚아야 할 의무가 있다는 것이오. 더불어 사형에게 받을 빚도 있고."

"빚이라……"

"이자까지 받을 생각이오."

"그렇군. 서론이 너무 길었어. 어차피 이런 결론이 될 수밖에 없었거늘."

쓸쓸히 웃은 엽소척이 천천히 검을 들었다.

"아직 쓸 만은 할 것이네."

엽소척이 허리춤에 매달렸던 검을 빼들었다.

그리곤 구초팔십일식으로 되어 있는 팔황섬뢰검법(八荒閃雷劍法)을 펼치기 시작했다.

구양걸의 눈빛에 묘한 빛이 일렁였다.

그 오랜 세월 동안 얼마나 많이 보아왔던 무공이던가!

상황을 떠나 다시금 보게 되자 감회가 새로웠다.

그건 엽소척도 마찬가지였다.

구양걸이 자신의 공세에 맞춰 파천수라도법(破天修羅刀法)을 펼쳐오자 반갑기도 하면서 한편으로 서글프기까지 했다.

그런 감정도 잠시였다.

과거에도 그랬고 지금도 누가 우위라고 말할 수 없을 정도로 비슷할 실력을 지닌 두 사람이었다.

잠깐의 실수가 그대로 패배로 이어진다는 것을 너무도 잘 알고 있기에 한 줌의 호흡은 물론이고 눈으로 알아채지 못할 정도로 미세한 동작 하나까지 철저하게 계산하고 신중을 기했다.

가벼운 듯 묵직하고 느린 듯 빠른 검영이 무수한 변화를 일으키며 공간을 지배해 갈 때, 구양걸이 내지른 승룡이 그 중심을 거침없이 파고들었다.

꽝! 꽝! 꽝!

격렬한 충격음과 함께 두 사람이 동시에 다섯 걸음을 물러났다.

박빙이라 해도 스스로는 조금 우위에 있다고 여겼던 엽소척은 구양걸의 실력에 조금은 당황하는 듯했다.

그건 구양걸 또한 마찬가지였다.

일시적으로 내력을 증진시켜주는 효과를 지녔다는 몽몽환을 복용하고도 엽소척을 능가하지 못했다는 것을 결과적으로 실력이 부족함을 의미하는 것.

견디기 힘든 패배감이 밀려왔다.

그것을 지우기라도 하듯 구양걸이 혼신의 힘을 다해 승

룡을 휘둘렀다.

파파파파팍!

예리한 도기가 땅을 스치듯 낮게 깔리며 엽소척의 두 다
리를 노렸다.

엽소척은 피하지 않고 그 즉시 검을 사선으로 내리그었
다.

파스스슷!

대기를 가르는 파공성과 함께 그의 검에서 발출된 핏빛
검기가 구양걸이 날린 도기와 정면으로 부딪쳤다.

꽝! 꽝!

또 한 번의 충격파가 주변을 휩쓸었다.

처음과 마찬가지로 이번에도 딱히 우위를 잡은 사람은
없었다.

그저 서로에게 상당한 충격을 안기며 실력을 재확인했을
뿐이었다.

"확실히 마황성의 성주라는 자리가 만만치는 않은 것 같
소."

엽소척의 실력을 간접적이나마 칭찬을 한 구양걸이 좌우
로 몸을 흔들며 공격을 감행했다.

승룡에서 황금빛 기운이 쏟아져 나오더니 엽소척을 향해
무시무시한 이빨을 드러냈다.

그것이 파천수라도법의 후절초의 시작이라는 것을 익히 알고 있던 엽소척은 바짝 긴장을 했다.

태산이라도 단숨에 무너뜨릴 정도로 강맹한 공격에 정면으로 맞서는 것만이 능사는 아니라는 것을 알기에 슬쩍 뒤로 물러나며 밀려드는 공세를 조금씩 흘려보냈다.

그럼에도 충돌음이 마황성을 뒤흔들 정도였다.

한 치의 물러섬도 없이 치열하게 펼쳐지는 두 사람의 공방은 누구도 우위를 잡지 못하고 한참이나 이어졌다.

두 사람의 대결은 주변의 지형지물을 바꿔 버릴 정도로 무시무시했다.

그렇게 얼마의 시간이 흘렀을까?

좀처럼 움직이지 않던 승부의 추가 마침내 한쪽으로 조금씩 기울어지기 시작했다.

놀랍게도 승기를 잡은 사람은 엽소척이었다.

유난히 내력 소모가 심한 파천수라도법을 끊임없이 사용하다보니 구양걸은 아무래도 엽소척보다 내력 소모가 많았다.

그것을 알기에 엽소척도 일찍 승부를 보지 않고 장기전으로 유도를 한 것이고.

이각이란 시간을 기점으로 그토록 기세등등했던 구양걸의 공세가 눈에 띄게 약해지기 시작했다.

반대로 시간이 흐르면 흐를수록 완벽하게 분위기를 탄 엽소척의 공격은 물 흐르듯 자연스럽게 구양걸을 압박했다.

압력을 이기지 못한 구양걸의 칠공에서 피가 비치기 시작했다.

몸 곳곳의 상처에서 피가 배어나왔다.

기회를 잡았다고 판단한 엽소척이 공세의 수위를 한층 더 높였다.

비릿한 피내음이 목구멍을 타고 올라왔지만 억지로 무시했다.

구양걸은 숨 쉴 틈도 없이 밀려드는 엽소척의 공격을 힘겹게 막아내며 놀라움을 금치 못했다.

급격하게 약화되는 자신에 비해 엽소척은 시간의 흐름을 역행하여 오히려 더 강해지는 느낌이었다.

'대단하오, 사형. 실로 대단하오.'

상황이야 어찌 되었든 그 모든 것을 떠나 한 사람의 무인으로서 상대의 강함에 절로 감탄이 흘러나왔다.

'하지만 내게도 마지막 한 수가 있소. 조심해야 할 것이오.'

더 이상 물러설 곳이 없음을 의식한 구양걸이 전신의 내력을 끌어모았다.

뒤는 없었다.

단 한 번의 공격에 모든 것을 걸 생각이었다.

그런 구양걸의 의도를 눈치챈 것인지 승기를 잡은 엽소척의 얼굴에도 긴장감이 어렸다.

"타핫!"

구양걸의 입에서 나직한 외침이 터져 나오고 파천수라도법의 마지막 초식 수라파천(修羅破天)이 펼쳐졌다.

한줄기 묵빛이 엽소척을 향해 가히 빛살과 같은 빠름으로 짓쳐 들었다.

"음."

엽소척의 입에서 신음이 흘러나왔다.

과거의 경험상 구양걸의 낌새가 수상할 때부터 그가 수라파천을 사용하리란 것을 짐작했다.

그런데 뭔가가 달랐다.

아니나 다를까.

엽소척의 지척에 이른 묵빛 기운이 수백, 수천 갈래로 갈라지며 모든 공간을 뒤덮었다.

갈라진 가닥가닥이 거미줄보다 더 얇았지만 담긴 힘은 결코 무시할 수준이 아니었다.

이미 피할 방법이 없었다.

엽소척은 즉시 검을 끌어당겨 미간에서 단전까지 이어지

는 몸의 정중앙을 보호하고 호신강기를 극성으로 일으켜 피해를 최소화시키려 노력했다.

퍽! 퍽! 퍽! 퍽!

갈라진 빛의 줄기가 엽소척의 전신을 두들겼다.

옷이 갈가리 찢어졌다.

뼈가 부러지고 살점이 뜯겨져 나가며 선홍빛 피가 분수처럼 쏟아져 나왔다.

그나마 다행이라면 필사적으로 노력 덕분인지 치명적인 요혈은 모조리 피할 수 있었다는 것.

"크으으으!"

고통스런 신음과 함께 비틀거리는 몸을 안정시키려 노력하는 엽소척.

조금 떨어진 곳에서 그런 엽소척의 모습을 지켜보는 구양걸의 얼굴에 오욕칠정이 한데 뒤섞인 복잡한 표정이 나타나 있었다.

이십여 년의 세월 동안 차곡차곡 쌓아온 분노와 원한을 실어 펼친 최후의 한 수는 결국 실패하고 말았다.

그 한 번의 공격에 모든 것을 불사른 자신은 손가락 까딱할 힘도 남아 있지 않았다.

그에 반해 엽소척은 형편없는 몰골로 변하기는 했어도 분명히 여력이 남아 있었다.

복수엔 실패를 했지만 이상하게도 아쉽다는 생각은 없었다.

오히려 가슴을 짓눌러온 뭔가가 사라지며 마음이 차분해졌다.

"수라파천 맞는가?"

엽소척의 물음에 구양걸이 천천히 고개를 끄덕였다.

"역시 내 생각이 맞았군. 같은 무공인데 전혀 다른 무공처럼 느껴져서 당황을 했다네."

"염라옥에서 얻은 심득을 조금 더 보태 보았소. 그래 봤자 아무런 소용도 없었지만."

구양걸이 자조의 웃음을 지었다.

"아니. 얼마 전까지의 나라면 막지 못했을 것이네. 근래 들어 괴물 같은 놈이 출현을 하면서 자극을 받지 않았다면 아마도……."

갑자기 말을 멈춘 엽소척의 고개가 홱 돌아갔다.

퍽!

둔탁한 소리와 함께 엽소척의 몸이 휘청거렸다.

구양걸은 비틀거리는 엽소척의 가슴을 꿰뚫고 나온 검을 보며 두 눈을 부릅떴다.

엽소척의 신형이 힘없이 무너졌다.

"사, 사형!"

구양걸이 떨리는 음성으로 엽소척을 불렀다.

"대체 무슨 짓을 한 것이냐!"

검을 던진 막소풍 그 자리에서 무릎을 꿇었다.

"용서를! 하지만 어쩔 수 없었습니다, 태상."

"그걸 지금 말이라고……."

구양걸은 차마 말을 잇지 못했다.

"결… 국 이렇… 게 되고 말았군."

힘겹게 고개를 든 엽소척이 검붉은 피를 토해내며 쓰게 웃었다.

"차라리 잘 되었는지도 모르겠네. 사제를 그곳으로 보내고 애써 외면했지만 늘 마음 한편이 좋지 않았어."

"사… 형."

엽소척이 구양걸을 향해 손을 뻗었다.

구양걸이 피로 물들은 손을 잡자 엽소척이 그의 머리를 자신의 입 쪽으로 잡아당겼다.

마지막 유언이라도 하려는 것일까?

잠시 후, 머리를 숙였던 구양걸이 굳은 표정으로 천천히 고개를 들었다.

엽소척은 이미 숨이 끊어진 상태였다.

"허허! 허허허!"

하늘을 향해 고개를 쳐든 구양걸의 입에서 뭐라 설명할

길이 없는 웃음이 흘러나왔다.

볼을 타고 흐르는 것은 한줄기 눈물.

그 눈물과 함께 마황성의 운명도 함께 떨어졌다.

第四十七章

참회옥(懺悔獄)

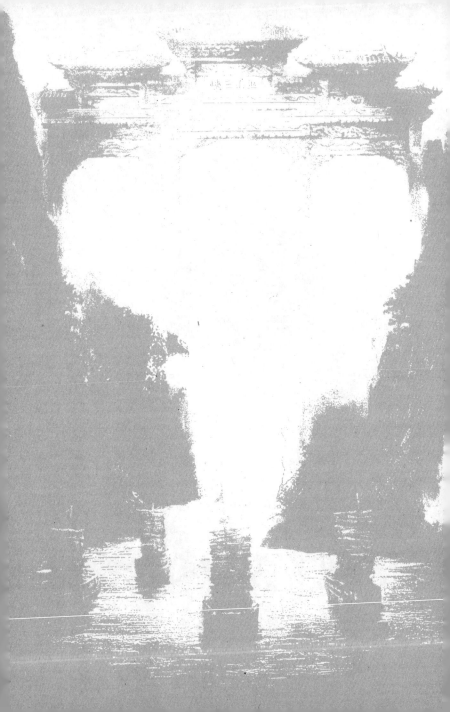

"이상한 움직임이 감지되고 있다는 것이 무슨 의미입니까?"

장청이 물었다.

"말씀드린 그대로입니다. 확실한 실체를 파악하지 못했지만 오늘 아침부터 천추세가 진영에서 묘한 움직임이 있습니다."

운밀각주 사도진이 탁자에 올린 수십 장의 보고서를 가리키며 말했다.

"아침부터 지금까지 운밀각으로 올라온 전서들입니다.

하나같이 그 내용이 같습니다."

"그게 무엇입니까?"

팽윤이 재빨리 물었다.

"병력이 철수하고 있다는 겁니다."

"예?"

팽윤의 두 눈이 동그랗게 떠졌다.

"병력이 철수하고 있다고 말씀드렸습니다."

"그, 그게 사실입니까? 아니, 어째서요?"

팽윤이 자신도 모르게 반문했다.

말이 되지 않는다는 질문임을 알면서도 너무도 놀란 나머지 본능적으로 터져 나온 것이다.

"하오문 쪽은 어떻습니까?"

장청이 항몽에게 물었다.

"운밀각만큼은 아니더라도 그런 보고가 올라오고는 있었어요. 그리고 현 시점에선 우리 쪽보다 운밀각의 정보력이 더 정확하고요."

"그렇군요."

장청이 고개를 끄덕였다.

하오문이 불사완구의 존재를 쫓기 위해 정보력을 집중하고 있는 사이 운밀각은 오직 천추세가의 움직임만을 살피고 있었기 때문이었다.

"그렇다면 내부적으로 문제가 있다는 소문이 사실인 걸까요?"

팽윤이 다시 물었다.

"글쎄요. 현재 상황에서 그 어떤 것도 확실한 것이 없으니 뭐라 말씀을 드리기가 곤란합니다."

사도진이 곤혹스런 얼굴로 고개를 흔들었다.

"이러다가 철검서생의 일처럼 또다시 뒤통수를 맞는 것은 아닌지 모르겠습니다."

팽윤의 말에 방에 있던 모든 이의 얼굴이 딱딱하게 굳었다.

철검서생의 행방을 놓치고 그가 병력을 이끌고 정무맹과 개방을 완전히 쓸어버릴 때까지 전혀 눈치채지 못했던 치욕을 다시금 떠올린 것이다.

"확실히 주의를 기울이긴 해야 할 겁니다. 저들이 어떤 계획을 가지고 움직이는 것인지 알 때까지 말이지요."

장청의 말에 항몽이 맞장구를 쳤다.

"그래요. 지금까지의 행보를 보았을 때 천추세가의 군사는 대단히 뛰어난 자예요. 예측하기 힘들고요."

"저들의 움직임은 일단 불문에 붙이는 것이 좋겠습니다. 행여나 철수를 하고 있다는 말이 군웅들에게 흘러들어가면 당장 공격을 하자는 말들이 쏟아질 테니까요."

팽윤의 말에 다들 고개를 끄덕였다.

그렇잖아도 계속 이어지는 대치 국면을 참지 못하고 선제공격을 하자는 의견이 힘을 얻고 있는 상황에서 철수라는 확실치 않고, 또 위험한 말이 언급되었을 때 어떤 반응을 보일지 굳이 겪어보지 않아도 알 수가 있었다.

"그래도 뭔가 움직이고 있는 것은 분명하니까 보다 신경을 써야 할 것입니다. 힘들더라도 조금 더 신경을 써 주십시오, 각주님."

"염려 마십시오."

사도진이 대답에 고개 숙여 인사를 한 장청이 항몽에게 시선을 주었다.

"불사완구는 아직도인가요?"

"예. 도대체 어디로 빼돌렸는지 정말 알 수가 없어요."

"혈사림 쪽에서도 파악이 되지 않았습니까?"

"그쪽에선 아직 보고가 올라오지 않았어요. 최소한 내일은 되어야 하나둘 올라오지 싶어요."

"최대한 서둘러 주십시오. 불사완구의 존재가 파악되지 않는 한 저들의 그 어떤 움직임에도 제대로 반응을 할 수가 없습니다. 지금 믿을 곳은 하오문뿐입니다."

"예."

장청의 무한한 신뢰에 항몽은 뿌듯함과 부담감을 동시에

느끼며 고개를 끄덕였다.

장청이 사도진을 향해 다시 고개를 돌렸다.

"그런데 맹주님으로부턴 연락이 왔습니까? 제가 기억하기론 오늘 내일이라고 했는데요."

*   *   *

정무맹이 위치한 여남에서 동쪽으로 이십여 리 떨어진 천중산(天中山) 중턱.

바로 그곳에 마황성의 염라옥과 더불어 악명을 떨쳤던 참회옥이 위치해 있었다.

자연적으로 만들어진 공간을 이용한 염라옥과는 달리 참회옥은 원래 있던 동굴을 인위적으로 파고 들어가 확장하여 만든 뇌옥이었다.

정무맹에선 참회옥이 무림에 씻을 수 없는 죄를 지은 자들을 잡아들여 벌을 주고 회개를 시키기 위한 용도라고 대외적으로 설명을 하였지만, 실상은 정무맹의 의견에 반하는 자들을 가두고 핍박하는 데 사용되었다는 것을 모르는 사람은 아무도 없었다.

특히 정파가 아닌, 소위 말해 마도나 사도, 혹은 중도파라는 꼬리표가 붙은 이들에게 참회옥은 그야말로 악몽 그 자체나 다름없었다.

하지만 천추세가에 의해 정무맹이 무너진 이후, 참회옥을 장악한 천추세가는 정말로 용서받기 힘든 죄를 저지른 자들을 제외하곤 그곳에 갇혀 있던 모든 죄수를 풀어주었다.

그렇다고 참회옥이 텅텅 빈 것은 아니었다.

기존의 죄수들을 대신해서 천추세가에 맞서 싸우다 포로가 된 이들이 빈 뇌옥을 가득 채웠기 때문이었다.

하루 종일 뜨겁게 내리쬐던 해가 서산마루에 걸린 늦은 오후, 수풀 사이에 은밀히 몸을 숨기고 참회옥을 살피는 이들이 있었다.

천추세가가 본격적으로 움직이기 며칠 전, 장강수로맹을 살피던 세작들의 눈을 완벽하게 따돌리고 장강이북으로 숨어든 유대웅의 수하들이었다.

원래의 계획대로라면 이미 며칠 전에 참회옥에 도착하여 거사를 진행했을 터이지만 힘겹게 부활하고 있던, 참회옥에서 구해낸 이들을 도와주기로 약속이 되었던 정무맹과 개방이 천추세가에 의해 또다시 괴멸이 되는 바람에 계획에 차질이 생긴 것이다.

계획을 실행에 옮길 것인가에 대한 고민을 거듭하던 유대웅은 결국 처음 의도한 대로 참회옥을 공격하기로 결정을 내렸다.

비록 이전과는 달리 포로들의 안전을 담보할 수 없었지만 불사완구를 만들어내고 몽몽환을 개량시킨 광의가 참회옥에 있다는 것 자체만으로도 공격할 가치가 충분했기 때문이었다.

날이 완전히 저물고 세상천지에 어둠이 깔리기 시작하자 참회옥을 살피던 두 쌍의 눈 중 하나가 사라졌다.

참회옥을 살피다 사라진 눈의 주인이 다시 모습을 드러낸 곳은 천중산 북쪽 능선, 그러니까 참회옥과 완전히 맞은편에 위치한 영통사라는 사찰이었다.

행여나 추격자가 없는지 주변을 꼼꼼하게 살핀 사내가 사찰 안으로 은밀히 사라졌다.

"어서 와라."

경계를 서고 있던 율인이 반갑게 맞았다.

"예, 대장님."

"독묘는?"

"참회옥에 남았습니다."

"가자. 맹주께서 기다리신다."

"예."

대답을 한 추뢰가 종종걸음으로 율인의 뒤를 따라갔다.

율인과 추뢰가 도착한 곳은 영통사 후원의 보원각이라는

곳이었다.

일행이 모두 지내기엔 아무래도 규모가 작았지만 사찰의
특성상 아무래도 사람들의 출입이 잦다보니 그들을 피하기
위해서라도 어쩔 수 없는 선택이었다.

그나마 이번에도 함께 움직이게 된 은영문의 살수들이
따로 떨어졌기에 망정이지 그렇지 않다면 제대로 앉아 있
을 수도 없었을 것이다.

두 사람이 보원각 안쪽으로 들어서자 거사를 앞두고 세
부적인 계획에 대한 마지막 점검을 하고 있는 듯했다.

"어서 와라. 별 이상은 없지?"

중앙에 앉아 있던 유대웅이 손짓을 했다.

"예. 맹주님. 경비의 숫자가 조금 더 늘었다는 것을 제외
하고는 별다른 특이사항은 없습니다."

"늘어? 얼마나?

경비의 숫자가 늘었다는 말에 다들 흠칫 놀란 눈으로 추
뢰를 바라보았다.

당황한 추뢰가 손을 내저었다.

"신경 쓸 만한 숫자는 아니었습니다. 새롭게 교대를 한
병력이 이전 병력보다 십여 명 많은 수라……."

"그 정도야 변수라고 할 수 없겠지."

유대웅이 가볍게 고개를 끄덕였다.

"아무튼 수고했어. 독묘는 그곳에 남은 거냐?"

"예."

그 말을 끝으로 추뢰는 자신에게 손짓하는 운종의 곁으로 다가가 앉았다.

"마지막으로 점검하겠습니다."

유대웅의 곁에 앉아 있던, 일전에 화산파의 제자들이 무사히 탈출하는 데 혁혁한 공을 세운 하오문의 황소곤이 차분히 입을 열었다.

이미 몇 번이고 같은 설명을 반복해서 들었지만 누구 하나 토를 다는 사람이 없었다.

숨소리마저 죽인 채 행여나 놓친 부분이 있는지 살피고 또 살폈다.

그런데 마지막이 아니었다.

황소곤은 자정이 되기 직전, 유대웅 일행이 보원각을 떠나 참회옥을 공격하기 위해 움직일 때까지 작전을 점검하고 또 점검했다. 그때마다 마지막이라는 단서를 달면서.

*   *   *

"크하하하하하!"

소름 끼치는 광소가 참회옥에서 가장 깊은 곳에 위치한

밀실을 가득 채웠다.

"성공이다. 마침내 성공이야!"

기쁨을 주체하지 못하고 껑충껑충 뛰기도 하고 괜시리 벽을 치기도 하는 노인.

광의는 환의에 찬 얼굴로 밀실 한쪽 구석에 놓여 있는 수정관을 바라보았다.

그때 소란스러움에 놀란 호위들이 달려와 밀실의 문을 열었다.

"무슨 일이십니까?"

광의는 그들의 말에는 반응조차 하지 않았다.

"어르……."

호위들은 회백색으로 번들거리는 광의의 광기에 찬 눈동자를 마주하고는 그대로 입을 다물었다. 그리곤 누가 먼저라고도 할 것 없이 조용히 문을 닫고 물러났다.

"병신 같은 놈들."

가볍게 조소를 보낸 광의가 수정관을 향해 걸어갔다.

투명한 액체가 가득한 수정관에는 나이를 가늠키 힘든 노인이 죽은 듯 누워 있었다.

"욕심이 나는군. 이 물건만 있으면 천하를 오시하는 것은 문제도 아닌데 말이야."

광의는 수정관에 누워 있는 노인을 더 이상 사람 취급을 하지 않았다. 그에겐 그저 자신의 욕망을 채워 줄 한낱 물건에 지나지 않았다.

"아니지. 그런 쓸데없는 일에 길지도 않은 인생을 낭비할 이유가 없지. 암, 그렇고말고."

스스로가 대견한 듯 고개를 끄덕인 광의가 수정관을 가볍게 쓰다듬었다.

"하면 이 물건의 주인은 가주가 되겠군. 수하 놈이 불사완구를 데리고 다니는데 주인 된 자로서 이런 물건쯤은 하나 데리고 다녀야 체면도 서고 할 테니까 말이야."

낄낄대며 웃던 광의가 수정관의 맞은편 벽을 향해 걸어 갔다.

거기엔 평범한 관 다섯 개가 나란히 놓여 있었다.

각 관마다 부패한 시신이 들어 있었는데 그런데 놀랍게도 부패한 시신을 가득 덮고 있는 것은 천추세가가 장강이북을 평정하는 데 혁혁한 공을 세운 혈고였다.

광의는 시신의 살을 파먹으며 모고로 성장해가는 혈고를 보며 만족한 미소를 드러냈다.

지금 추세로 성장한 모고가 번식을 하면 한 달 내에는 수천마리의 자고를 얻을 수 있을 터였다.

"천추세가 놈들이 좋아라 하겠군."

코웃음을 친 광의가 혈고를 향해 손을 뻗었다.

검지 크기로 자란 혈고가 손가락 사이에서 꿈틀거리는 느낌을 즐기다 가볍게 입에 털어 넣었다.

"하지만 그 병신 같은 놈들은 뭐가 진짜 좋은 것인지 몰라. 이토록 감미롭고, 담백하며 식감이 좋은 음식도 없는데 말이야."

두 눈을 감고 입안 가득 퍼지는 혈고의 육즙과 부드럽게 씹히는 육질(?)을 음미하던 광의는 그 맛을 참지 못하고 다시금 관을 향해 손을 뻗었다.

바로 그때였다.

밀실의 문이 거칠게 열리며 다급한 외침이 들려왔다.

"적입니다. 피하서……."

사내는 말을 잇지 못하고 외마디 비명과 함께 앞으로 고꾸라졌다.

그리고 잠시 후, 사내의 시신을 가볍게 밀어내며 한 사내가 밀실 안으로 들어왔다.

행여나 놓칠까 참회옥의 모든 적을 다른 사람에게 맡긴 채 오직 광의만을 노리고 일직선으로 달려온 유대웅이었다.

유대웅이 혈고를 잡은 자세 그대로 굳어버린 광의를 향해 씨익 웃었다.

"영감이 광의라는 미치광이요?"

*　　　*　　　*

"뭐라? 적이 침입을 해?"

두 명의 계집을 끼고 늦은 밤까지 욕정을 채우고 있던 중년인이 튕기듯 일어났다.

오십 줄을 넘긴 나이였지만 삼십대의 장한과도 비교해도 밀리지 않을 정도로 탄탄한 체구를 자랑하는 중년인의 이름은 좌욕(左慾). 흑랑회주 좌청패의 망나니 동생이었다.

"어디서 온 놈들이냐? 몇 놈이나 온 거지? 뇌옥을 지키는 놈들은 대체 뭣들 하고 있단 말이냐?"

의복을 걸치는 사이 무수한 질문이 쏟아졌지만 전령이 할 수 있는 대답은 아무것도 없었다.

그는 그저 적이 침입했다는 사실만을 좌욕에게 알리라는 명을 받고 달려온 것뿐이었다.

"멸혼은? 멸혼은 어디에 있느냐?"

그나마 가장 믿을 만한 병력이 멸혼임을 기억한 좌욕이 다급히 물었다.

"모, 모르겠습니다."

"이 병신아! 네놈이 대체 아는 게 뭐란 말이냐?"

버럭 소리를 지른 좌욕이 전령의 머리를 후려쳤다.

자신의 임무를 충실히 전한 전령은 아무런 잘못도 없이 머리가 터져 숨이 끊어지고 말았다.

수하의 목숨을 마치 개미를 밟아 죽이듯 화풀이 대용으로 사용한 좌욕이 한결 편안해진 얼굴로 소리쳤다.

"거기 누구 없느냐?"

좌욕의 외침에 주변을 지키던 경계병들이 달려왔다.

"옥으로 내려간다. 모든 병력을 불러 모아. 아, 그리고 거기 네놈은 지금 즉시 정무맹으로 달려가 적이 침입했음을 알려라."

"알겠습니다."

"아, 아니다. 보고를 하는 것은 상황을 조금 두고 본 후에 하자."

좌욕이 갑작스레 명을 거뒀다.

얼마나 많은 적이 침입을 했는지도 모르는 상황에서 무조건 알리는 것보다는 자체적으로 해결을 해서 자신을 못 미더워하는 형에게 능력을 한번 보여주는 것도 좋다고 여긴 것이다.

또한 천추세가가 장강이북을 완전히 평정한 지금 침입자라고 해봐야 참회옥에 갇힌 동료를 구하기 위해 무모한 도전을 하는 떨거지들이란 생각이 그런 판단을 하게끔 했다.

하지만 그것이 얼마나 큰 실수인지는 지금 당장 상상도

할 수 없었다.

*　　　*　　　*

"네놈은 누구냐?"

언제 당황했냐는 듯 광의가 때마침 집어든 혈고를 질겅 질겅 씹으며 물었다.

"유대웅이라 하오."

"유대웅?"

고개를 갸웃거리던 광의가 생각났다는 듯 고개를 주억거 렸다.

"아! 그 장강에서 힘깨나 쓴다는 수적 놈들의 우두머리?"

"그렇… 소."

유대웅이 떨떠름한 얼굴로 고개를 끄덕였다.

틀린 말은 아니었지만 어딘지 모르게 상당히 기분이 나 빴다.

"그런데 네가 무슨 일로 이곳까지 온 것이냐? 보아하니 천추세가 놈들에게 잡혀 온 것 같지는 않고."

광의가 유대웅의 위아래를 쭈욱 훑으며 물었다.

"그건 아니요."

유대웅이 고개를 저었다.

"그러리라 예상은 했다. 먹겠느냐?"

광의가 유대웅을 향해 혈고를 내밀었다.

혈고를 본 유대웅이 오만상을 찌푸렸다.

크기나 전체적인 생김새는 누에와 비슷했지만 그보다는 더욱 징그러운 느낌인데다가 이상하게 소름이 끼쳤다.

"됐소."

유대웅이 한걸음 물러나며 거절하자 광의는 그럴 줄 알았다는 표정으로 혈고를 입으로 가져갔다.

광의가 혈고를 먹는 광경을 끔찍하게 바라보던 유대웅은 문득 벌레를 꺼낸 관속이 궁금해졌다.

그래서 관을 향해 한 걸음 내딛었다.

무엇을 본 것일까?

유대웅의 커다란 덩치가 그대로 굳었다.

광의가 유대웅의 굳은 얼굴을 힐끗 바라보며 묘한 웃음을 지었다.

"이, 이게 무슨 짓이오?"

"뭐가 말이냐?"

광의가 태연히 물었다.

"몰라 묻소? 내 눈이 틀리지 않았다면 관에 든 것은 분명 시신이오. 맞소?"

"쯧쯧, 젊은 놈이 눈이 벌써부터 망가진 것도 아닐 텐데……."

"맞느냐고 물었소."

유대웅의 음성이 착 가라앉았다.

유대웅은 누가 뭐라고 해도 무림을 대표하는 절대자 중의 한 명이었다.

음성만으로도 생과 사를 결정할 수 있을 정도의 절대자.

유대웅의 음성에 담긴 기세를 느낀 광의의 안색이 살짝 굳어졌다.

"맞다. 시신이다."

"시신을 가지고 무슨 짓을 하는 거요?"

"무슨 짓이라니?"

광의의 장난스런 태도에 변화가 없자 유대웅이 기세를 일으켰다.

칼날 같은 기세가 광의를 강타했다.

"크으."

광의의 입에서 고통스런 신음이 흘러나왔다.

"장난은 그만 치시오. 마지막 경고요."

"아, 알았다."

광의가 고통으로 일그러진 얼굴로 고개를 끄덕였다.

"다시 묻겠소. 시신을 가지고 대체 무슨 짓을 하는 거요?"

"이게 뭔지 모르느냐?"

광의가 혈고를 집어 들며 물었다.

"음식 운운하면 그 목을 날려 버리겠소."

이미 유대웅과 장난하고 싶은 마음을 버린 광의가 한심하다는 얼굴로 말했다.

"그래도 천추세가와 대적하는 놈이라고 하기에 나름 식견이 있을 줄 알았건만 머리에 든 것 없이 그저 강하기만한 놈이었군."

유대웅의 눈매가 매서워지는 것을 확인한 광의가 얼른 말을 이었다.

"이것이 바로 혈고다."

"그러니까 혈고가 뭐하……."

신경질 적으로 소리치려던 유대웅의 두 눈이 화등잔만해졌다.

"지, 지금 혈고라 했소?"

"그래. 혈고. 그런 눈을 하는 것을 보니 아직까지 직접 혈고를 본 적이 없는 모양이구나."

"그, 그렇소."

"하긴, 그것을 보기 위해선 누군가의 목숨을 담보로 해야하니 그럴 만도 하지."

그런 혈고를 대량으로 생산하여 뿌린 사람이 다름 아닌

자신이었음에도 광의의 말투와 태도는 혈고와 전혀 상관없다는 듯 태연스럽기만 했다.

"혈고를 죽일 방법이 무엇이오?"

"이렇게 죽이면 된다."

광의가 관 밖으로 기어 나오는 혈고를 잡아 입에 처넣었다.

"더 이상의 장난은 용납하지 않는다고 했소만."

"노부도 장난하는 것을 보이더냐? 네가 어찌 죽이냐고 묻기에 대답을 한 것뿐이다."

"난……"

"사람 몸속에 들어간 혈고를 어떻게 제거하느냐고 묻고 싶은 거겠지."

"그, 그렇소."

"그렇다면 처음부터 그렇게 물어보았어야 하지 않느냐? 다짜고짜 혈고를 어찌 죽이냐니."

"……"

유대웅은 말을 하면 할수록 자꾸만 광의의 화술에 말리는 듯한 느낌을 받았다.

그렇다고 성질대로 하자니 광의가 지닌 정보가 너무도 소중하고 중요했다.

유대웅이 치미는 분노를 애써 참으며 물었다.

"사람의 머리에 주입된 혈고를 어찌하면 죽일 수 있소?"

"노부가 그 방법을 알려줄 것이라 생각하느냐?"

"그렇소."

"흥! 노부가 비록……."

광의는 유대웅의 섬뜩한 눈빛을 보고는 황급히 입을 다물었다.

"말하고 싶지 않으면 하지 않아도 되오. 내가 데리고 있는 수하 중에는 이런 일에는 아주 익숙한 자들이 많으니까 말이요. 그렇잖아도 오는군."

유대웅이 밀실로 들어오는 은영문의 제가를 보곤 손짓을 했다.

그는 단순히 은영문주의 말을 전하러 오는 것이었지만 그를 보는 광의는 결코 그렇게 생각하지 않았다.

유난히 죽음과 밀접한 관계가 있었던 광의는 일반 무인들과는 달리 살수가 지닌 특유의 기운에 본능적으로 반응했다.

"노부가 얘기를 해주면 너는 노부에게 무엇을 주겠느냐?"

"살려주겠소."

유대웅이 생각할 것도 없다는 대답했다.

"그건 당연한 것이고."

"살려주겠다고 했소."

광의가 어이가 없다는 눈빛으로 유대웅의 얼굴을 한참이나 바라보았다.

유대웅의 차가운 낯빛에서 결국 타협의 여지가 없다고 판단한 광의가 한숨을 내쉬며 말했다.

"노부 평생 이토록 불공평한 협상을 해본 적이 없지만 상황이 이러니 어쩔 수 없지. 사람 몸에 들어간 혈고는……."

어쩌면 싸움의 판도를 확 바꿀 수 있는 결정적인 순간이었다.

유대웅이 긴장감을 참지 못하고 침을 꿀꺽 삼켰다.

"극양지기로 태워 없애거나 절정의 침술을 이용하여 죽이면 된다."

"……."

온몸의 기운이 쭉 빠지는 느낌이었다.

그런 방법은 이미 예전부터 알고 있던 사실이었다.

다만 실행하기가 너무 까다롭고 어려워 사실상 논외가 되어버린 방법들.

"다른 대답을 원한 모양이군. 그렇다면 유감이지만 노부도 알지 못한다. 궁금하지도 않았지. 애당초 그런 연구는 하지 않았으니까."

기대감이 컸던 만큼 실망도 컸지만 틀린 말은 아니기에

딱히 할 말이 없었다.

땅이 꺼져라 한숨을 내쉬는 유대웅.

비로소 수정으로 된 관이 눈에 들어왔다.

"저건 또 무엇이오?"

방금 전 혈고를 키우는 과정을 봤기에 유대웅의 눈매가 매서워졌다.

"아, 아니다. 이건 정말로 아무것도 아니야."

처음으로 당황하는 광의의 모습에 더욱 궁금증이 일었다.

또 시신이었다.

수정관 안에 누워 있는 벌거숭이 노인을 보며 유대웅이 분노로 몸을 떨었다.

"당신 정말……."

금방이라도 살수를 쏟아낼 것 같은 분위기를 이기지 못한 광의가 두려움에 떨 때 은영문 살수에 이어 또 한 사람이 밀실로 들어왔다.

그리곤 유대웅과 나란히 서서 수정관에 누워 있는 노인을 보며 물었다.

"불사… 완구인가요?"

불사완구라는 말에 유대웅의 눈이 크게 떠졌다.

"불사완구라니. 그게 무슨 소리야?"

유대웅의 신중한 얼굴로 수정관에 채워져 있는 투명한 물과 그 안에 누워 있는 노인을 살피는 송하연에게 물었다.

함께 먼 길을 떠나오면서 한층 더 친해진 것인지 그녀를 대하는 말투며 태도가 이전보다 더욱 편해졌다.

"틀림없어요, 불사완구. 내 말이 맞죠?"

송하연이 고개를 바짝 쳐들고 물었다.

확신을 가지고 묻는 그녀를 보며 광의는 자신도 모르게 고개를 끄덕였다.

"역시. 그렇군요."

자신의 생각이 맞았다는 말에도 송하연은 그다지 기뻐하는 얼굴이 아니었다.

불사완구는 강시와는 달리 살아 있는 사람을 재료로 하여 혼과 인성을 말살하여 괴물을 만드는 천인공노할 범죄였다.

눈앞의 노인이 어떤 사람인지, 이름은 무엇이고 또 무슨 이유로 광의에게 사로잡혀 재물이 된 것인지 몰랐지만 그 자체로 연민이 생겼다.

"불사완구의 약점은 무엇이오?"

천추세가에 엄청난 양의 불사완구가 있다는 것을 떠올린 유대웅이 송하연의 안색을 살피며 물었다.

"약점? 장점을 묻는 것이 더 낫지 않을까? 목이 잘리면 죽는다는 것은 네 녀석들도 이미 파악을 했을 테니 말이다."

"정녕 목을 자르는 방법뿐이오?"

"그뿐이다. 다른 방법은 없어. 아니면 몸뚱이 자체를 흔적도 없이 날려 버리면 가능도 하겠지. 크크크!"

어깨를 들썩이며 웃는 광의의 모습이 그렇게 섬뜩할 수가 없었다.

유대웅은 자신도 모르게 살의를 느꼈다.

송하연이 곁에 없었다면 약속이고 뭐고 그대로 숨통을 끊어버렸을지도 몰랐다.

그것을 눈치챈 광의가 얼른 웃음을 지우며 딴청을 피웠다.

"저게 혈고야."

차갑게 광의를 노려본 유대웅이 송하연을 데리고 맞은편에 있는 관을 보여줬다.

다섯 구의 시신에서 꿈틀대는 혈고의 모습에 비위가 상한 유대웅은 절로 욕지거리가 쏟아졌지만 송하연은 의외로 침착했다.

"혈고를 없앨 수 있는 방법은 찾았어요?"

송하연이 혈고를 집어 들자 기겁을 한 유대웅이 그녀의 손에서 혈고를 떨쳐내며 말했다.

"아, 아니. 우리가 알고 있는 기존 방법 외에는 없는 모양이야. 그리고 조심해. 그러다가 상처를 입거나 하면 어쩌려고."

"괜찮아요."

부드럽게 웃은 송하연이 품에서 죽통 하나를 꺼내더니 혈고를 마구 쓸어 담기 시작했다.

"그렇잖아도 연구할 혈고가 너무 부족했는데 잘됐네요. 방법을 찾는데 큰 도움이 될 것 같아요."

혈고를 죽통에 담는 송하연의 눈빛이 반짝반짝 빛나고 있었다.

그녀는 유대웅이나 일반 사람들처럼 혈고 자체를 단순한 벌레가 아니라 연구할 대상으로 아끼는 것 같았다.

바로 그런 이유로 그녀가 이번 원정에 참여하게 되었다.

의술에 능통하면 나름 뛰어난 무공도 지녀야 한다는 조건에 그녀만큼 부합하는 사람도 없었다.

죽통 가득 혈고를 채운 송하연은 그것만으로도 부족하다고 생각한 것인지 유대웅이 걸친 장삼을 갑자기 잡아당겨 바닥에 펼치더니 관에 있던 혈고를 옮겼다.

유대웅은 자신의 장삼 위에 떨어지는 혈고를 볼 때마다 마치 자신의 몸으로 혈고가 기어오르는 것 같은 느낌에 연신 몸을 떨었다.

충분히 혈고를 얻었다고 판단한 송하연이 밀실 안에 있던 은영문의 제자에게 싸맨 장삼을 넘겼다.

그 살수는 유대웅과 똑같은 표정을 지으며 고개를 저었지만 장삼을 받아 들 수밖에 없었다.

"아, 그런데 광의 할아버지."

손을 탁탁 털며 돌아선 송하연이 밝은 얼굴로 광의를 불렀다.

"왜 그러느냐?"

송하연이 수정관에 누운 노인을 가리키며 물었다.

"어떻게 깨우지요?"

순간, 광의의 안색이 창백해졌다.

송하연은 그 순간을 결코 놓치지 않았다.

그리고 자신이 생각하고 있는 것이 맞다고 확신했다.

"어, 어찌 깨우다니?"

"제 판단으로 이 액체는 불사완구를 만들기 위한 특별한 약물인 것 같아요. 영약이 들어갈 수도 있었을 것이고 아니면 살아 있는 영물에서 얻은 뭔가가 될 수도 있겠네요. 그것도 아니면 독일 수도 있을 것이고. 설마 사람의 피는 아니겠지요?"

송하연은 온갖 재료를 들먹이며 광의를 곤란케 하더니 결정적인 한 방을 날렸다.

"그런데 원래부터 이렇게 투명하지는 않았을 거예요. 이렇게 투명하게 변했다는 것은 액체 담긴 기운을 이 노인이 모조리 흡수를 했다는 것이겠지요."

송하연이 광의의 얼굴을 똑바로 바라보며 물었다.

"이 불사완구. 완성되었지요?"

광의는 황급히 고개를 흔들었다.

"아, 아니다. 아직 완성되지 않았다. 불사완구를 하루아침에 완성할 수 있다면 천하는 이미 천추세가에서 소유한 불사완구로 뒤덮였을 것이다."

광의가 열심히 변명을 했지만 처음 정곡을 찔렸을 때 그의 말이 거짓임은 이미 들킨 상태였다.

둔하기 짝이 없는 유대웅까지 알아차릴 정도로 광의의 연기는 형편없었다.

*   *   *

쿠쿠쿠쿵!

육중한 소리와 함께 참회옥 전체가 뒤흔들렸다.

참회옥을 지키는 경계병들을 거의 유린하다시피 한 일행은 갑작스런 변화에 당황하지 않을 수 없었다.

수많은 변수를 고려했지만 지금과 같은 상황은 고려한

변수에 포함되지 않았다.

"맹주님은 어디에 계시느냐?"

참회옥 중앙 광장에서 멸혼들을 상대하던 단혼마객이 좌측 통로에서 모습을 드러낸 이석에게 물었다.

"아직 확인하지 못했다."

"호천단의 단주라는 녀석이 뭘 하는 거야!"

단혼마객이 불같이 화를 냈다.

이석은 고개를 들지 못했다.

"빨리 맹주님을 찾아. 뭔가가 이상하다."

"알겠습니다."

이석이 반쪽 통도를 향해 뛰어가자 걱정스런 한숨을 내뱉은 단혼마객이 함께 싸우고 있는 율인과 팽염을 바라보며 말했다.

"우리도 빨리 정리를 하는 것이 좋겠네."

"그러지요."

"알겠습니다.

율인과 팽염이 동시에 대답을 했다.

어차피 삼십 남짓한 멸혼 중 남은 인원이라고 해봐야 고작 일곱 명. 문제될 것이 전혀 없었다.

"이게 대체 어찌 된 일이지요?"

포로들을 구출하러 지하층으로 내려갔던 영영이 초라한

몰골의 무인들을 대동하고 나타났다.

"잘 모르겠습니다. 분명 무슨 문제가 터진 것 같기는 한데 그 이유는 아직⋯⋯."

영영보다 한 걸음 앞서 중앙 광장에 도착한 예도주가 고개를 흔들었다.

과거 정무맹 묵검단에 속했던 예도주는 사문이 멸문지화를 당한 이후, 정식으로 장강수로맹의 식솔이 되었고 실력도 실력이거니와 천중산 지형을 잘 알고 있다는 이유로 이번 작전에 차출된 상태였다.

"혹 출구가 봉쇄된 것은 아닌가 싶소."

영영이 데리고 온 포로 중 한 명이 말했다.

"출구가 봉쇄되다니요."

"정무맹에서 일했던 친구가 그런 말을 한 적이 있소. 참회암에는 비상시를 대비하여 참회암을 완벽하게 봉쇄할 수 있는 방법이 있다고 말이오. 출구가 봉쇄되면 안쪽에선 열 방법이 없고 오직 바깥에서, 그것도 특별한 방법으로 출구를 열 수가 있다고 했소. 워낙 오래된 이야기라 정확한 것은 아니나 대충 요지는 그랬던 것 같소."

포로의 말이 끝나기가 무섭게 위층에서 호랑이의 화통을 삶아먹은 듯한 음성이 들려왔다.

"그 말이 맞는 것 같습니다. 이 빌어먹을 작자가 출구를 봉쇄했습니다."

항평이 목덜미를 잡고 끌고 오던 좌욕을 광장 한가운데로 집어던졌다.

높이도 높이지만 어디를 제압당한 것인지 제대로 힘을 쓸 수 없었던 좌욕은 떨어지는 충격을 이기지 못하고 다리하나가 그대로 부러지고 말았다.

참회옥을 뒤흔드는 비명 소리는 나머지 다리마저 부러뜨려 버리겠다는 항평의 협박에 금방 사그라들었다.

"출구가 봉쇄당했다는 말이 사실이더냐?"

어느새 싸움을 끝낸 단혼마객이 조금은 피곤한 기색으로 걸어오며 물었다.

"예. 저놈이 제 입으로 한 말이고 제가 직접 확인까지 했습니다."

"하면 아까 그 진동이 출구가 봉쇄되면서 나는 소리였단 말인가요?

영영이 물었다.

"예, 확실합니다."

"지금은 아무런 소리도 들리지 않는 것을 보면 평이의 말이 맞는 것 같군."

단혼마객의 말에 곳곳에서 광광 곳곳에서 소란이 일었다.

대다수가 포로로 잡혀 있던 군웅이었는데 그들은 지옥 같은 참회옥에서 벗어날 수 있다는 희망에 들떠 있다가 다시 갇히게 되었다는 단혼마객의 말에 절망 어린 표정으로 주저앉고 말았다.

"쯧쯧, 한심한 놈들. 앞으로 어떤 험한 일이 닥칠지 모르는데 벌써부터 이렇게 자빠져 버리면 어쩌자는 말이냐?"

카랑카랑하기 그지없는 음성에 모두의 시선이 목소리의 주인을 향해 고개를 돌렸다.

오 척 단구의 노인, 그나마도 허리가 굽어 더 작아 보이는 노인의 정체는 지난날, 유대웅의 탈출을 돕기 위해 스스로 미끼가 되기를 자처했던 당가의 큰 어른 당곤이었다.

그를 알아본 이들이 일제히 허리를 굽혀 예를 표했다.

환한 미소로 인사를 받은 당곤이 고개를 이리저리 돌리다가 물었다.

"한데 맹주가 왔다고 하지 않았더냐?"

*   *   *

"피를 말이오?"

유대웅이 놀라 물었다.

"그래, 피다. 신선한 인간이 피만이 잠들어 있는 불사완구를 깨울 수 있는 열쇠다."

"그 이후엔 어찌 되는 것이오?"

"어찌 되긴 뭐가 어찌 돼? 피의 주인을 영원히 섬기게 되는 것이지."

송하연은 시큰둥하게 대답하는 광의의 표정을 놓치지 않았다.

뭔가가 이상했다.

딱히 꼬집어 뭐라고 얘기를 할 수는 없었지만 느낌이 영좋지 않았다.

"광의 할아버지."

송하연이 부드러운 어조로 광의를 불렀다.

"왜 그러느냐?"

"정확하게 말씀하시는 게 좋을 거예요."

송하연이 검을 빼 들어 광의의 목울대를 지그시 눌렀다.

"뭐, 뭐를 말이냐?"

설마하니 생글생글 웃고 있던 송하연이 그런 행동을 할 줄 몰랐던 광의가 떨리는 음성으로 물었다.

"한 가지 잊은 게 있어요."

"그, 그게……."

"제가 성수의가 출신이라는 사실을요."

싱긋 웃는 송하연.

광의에게 그 웃음이 지옥나찰의 웃음처럼 느껴졌다.

"아, 그러고 보니 한 가지 얘기를 덜한 것이 있구나."

"그럴 줄 알았어요."

어느새 검을 거둔 송하연이 얼굴 가득 미소를 지으며 물었다.

"그게 뭐지요?"

물끄러미 송하연을 바라보던 광의가 졌다는 듯 너털웃음을 터뜨렸다.

"천추세가의 천검인가 뭔가 하는 놈도 노부의 세치 혀에 꼼짝을 못했는데 이번엔 노부가 그 꼴이 나고 말았구나. 그래 말해주마. 앞서 말했듯 사람의 피는 불사완구를 깨우는 매개체가 된다. 하지만 깨어나는 불사완구의 진정한 주인이 되기 위해선 눈을 마주치는 첫 번째 사람이 되어야 한다는 조건이 따른다. 동물들 사이에서 나타는 일종의 각인 효과라는 것이지. 처음 본 상대를 어미로 여긴다는 각인 효과."

"내게 불사완구를 깨우게 하여 안심시킨 후, 정작 주인은 영감이 되려 한 것이군."

유대웅의 말에 광의가 솔직히 인정을 했다.

"그럴 생각이었다."

"훗, 영감은 나를 너무 우습게 보는구려. 그까짓 불사완구 하나 따위를 움직일 수 있다고 해서 나를 쓰러뜨릴 수 있다고 여긴 거요?"

유대웅이 코웃음을 쳤지만 정작 코웃음을 칠 사람은 광의였다.

"그까짓 불사완구? 지금 그까짓이라고 했느냐?"

"불사완구가 괴물처럼 강하다는 것은 인정하지만 여럿이 몰려오면 모를까 불사완구 하나 정도는 마음만 먹으면 단 일수에 쓰러뜨릴 수도 있소."

"그거야 이전의 불사완구니까 가능한 얘기고."

순간, 송하연의 눈에서 이채가 일었다.

"이 불사완구는 뭔가 특별한 모양이군요."

"특별하지. 암, 특별하고말고."

도공이 자신이 직접 구운 도자기를 감상하듯 불사완구를 보는 광의의 눈에는 더할 나위 없는 자부심이 깃들어 있었다.

'대체 어느 정도기에.'

이쯤 되니 유대웅도 궁금하지 않을 수가 없었다.

"불사완구는 그 재료에 따라 강력함이 좌우된다고 볼 수 있다. 불사완구의 특징 중 하나가 과거에 지닌 실력의 대부분을 그대로 사용할 수 있다는 것이니까. 참고로 노부가 이전에 만든, 천추세가에서 쏠쏠히 사용하고 있는 불사완구는 해사방인가 뭔가 하는 해적 놈들이 재료였다."

해사방이라는 말에 유대웅의 몸이 움찔했다.

"해적 놈들에 불과한데도 그만한 위력을 보인 것이다. 물론 나름의 학습능력이 있어 천검 놈이 열심히 훈련을 시키는 모양이다만 아무래도 한계가 있게 마련이지. 그런 맥락에서 상상을 해보아라. 해적 따위가 아니라 막강한 실력을 지닌 고수가 재료라면, 가령 네 녀석이 불사완구의 재료라면 어떤 위력을 보일까 생각을 해보란 말이다."

유대웅은 생각만으로도 기분이 나쁜지 퉁명스레 내뱉었다.

"그런 일은 절대로 없소."

"자신하지 마라. 인간사 모르는 일이다. 여기 누워 불사완구도 과거엔 네놈과 똑같은 생각을 하고 있었을 게다. 당연하겠지. 천하에 상대할 수 있는자가 과연 몇이나 있었을꼬."

"그렇게 대단한 노인이었나요?"

"대단했지. 암, 대단했고말고. 들어는 보았느냐? 소면살왕이라고."

유대웅과 송하연이 동시에 고개를 갸웃거렸다.

"그러면 무림십강은 어떠냐?"

유대웅의 눈이 경악으로 물들었다.

"지, 지금 뭐라고 한거요? 눈앞의 노인인 무, 무림십강 중한 명인 소면살왕이란 말이오?"

"그렇다. 소면살왕. 내 평생 최고의 걸작이라 감히 자부할 만하지."

"맙소사!"

유대웅은 자신도 모르게 머리를 감싸고 말았다.

한 가지 생각이 그의 뇌리를 스치고 지나갔다.

'만약 불사완구로 변한 소면살왕이 천추세가의 손에 들어갔다면 어찌 되는 것인가?'

생각만으로도 오한이 들었다.

모르긴 몰라도 이전의 불사완구와는 차원이 다른 공포가될 터였다.

그런 괴물을 손에 넣게 되었으니 가히 천운이라 할 만했다.

"확실히 영감이 손에 들어갔으면 위험할 뻔했겠구려."

"네 녀석이 운이 좋은 것이지. 저 계집아이가 눈치채지못했다면 틀림없이 그리되었을 텐데 말이다."

퉁명스레 내뱉는 말투와는 달리 애당초 자신이 사용할생각이 없었고 천추세가의 가주에게 헌납하려 했기 때문인지 수정관으로부터 한 걸음 물러나는 광의의 얼굴엔 아쉬움 따위는 전혀 없었다.

송하연은 살아 있는 사람을 재료로 만들었기 때문인지 불사완구를 취하는 것을 그다지 내켜하지 않는 유대웅을 억지로 끌어당기며 그의 손가락에 상처를 냈다.

피가 주르륵 흘러 노인의 입에 정확히 떨어졌다.

새빨간 피가 노인의 입술 사이로 스며들 듯 사라지고 죽은 듯 누워 있던 노인의 눈이 가만히 떠졌다.

행여나 그 찰나 광의가 끼어들까 걱정한 송하연이 날카로운 눈으로 광의를 노려보았다.

"쳇! 빌어먹을 년! 그렇게 째진 눈으로 노려보지 않아도 된다. 관심 없으니 걱정 마라."

소면살왕의 붉게 충혈된 눈이 유대웅의 얼굴을 한참 동안 응시했다.

"이제 이놈은 영원히 네 종이 되었다."

광의의 말에 유대웅은 참았던 헛바람을 내뱉었다.

유대웅은 그렇게 전혀 예상치 않은 상황에서 소면살왕, 아니, 원래는 천추세가 가주의 것으로 준비되었던 최강의 불사완구를 얻게 되었다.

第四十八章

허허실실(虛虛實實)

"어르신!"

당곤의 무사함을 확인한 유대웅의 눈에서 뜨거운 눈물이 흘러내렸다.

"덩치에 어울리지 않게 눈물은."

당곤이 그를 타박했지만 얼굴 가득 저절로 지어지는 흐뭇한 미소를 감추지 못했다.

유대웅과 당곤이 한참 동안이나 이야기꽃을 피우는 사이 봉쇄된 문을 뚫으려는 시도가 있었다.

하지만 아무리 방법을 찾아보려고 해도 출입문을 막고

있는 거대한 철문을 열 방법이 없었다. 차라리 커다란 바위가 막고 있으면 조금씩 부숴서라도 보겠는데 철문이라 엄두가 나지 않았다.

"너무 걱정하지 마. 황소곤이 뭔가 방법을 찾지 않을까? 아니면 그전에 정무맹에 주둔하고 있다던 흑랑회에서 뭔가 조치를 취하겠지."

태연하기 그지없는 유대웅의 말에 항평이 조금은 걱정스런 얼굴로 물었다.

"이대로 굶어 죽이려 들면 어쩝니까?"

"뭘 걱정해? 네가 잡아온 그 인간이 흑랑회주의 동생이라고 했잖아. 아무리 병신 같아도 피붙이를 외면하는 법은 없어. 기다려 봐. 이곳의 소식이 전해졌다면 지금쯤 정신없이 달려오고 있을 테니까."

유대웅의 말이 끝나기도 전에 출구가 봉쇄당할 때와 또 같은 진동이 참회옥을 울리더니 일단의 무리가 쏟아져 들어왔다.

"내 말이 맞지?"

피식 웃음을 터뜨린 유대웅이 신호를 보내자 항평이 부러진 다리를 부여잡고 고통에 시달리고 있는 좌욕의 뒷덜미를 낚아챘다.

"그럼 나가볼까? 앞장서라."

"예."

우렁차게 대답한 항평이 좌욕을 앞세운 채 움직이기 시작했다.

출입구 쪽에서 쏟아져 들어오던 흑랑회의 낭인들은 좌욕이 사로잡힌 상황에서 어찌 대처를 해야 할지 몰라 당황했다.

"일단 비키라고."

항평이 비키라 손짓을 했지만 아무도 반응하지 않았다.

오히려 당장에라도 공격하려는 듯 진한 살기를 내뿜자 항평이 가소롭다는 웃음을 터뜨리곤 좌욕의 팔 하나를 잡아들었다.

항평이 무슨 짓을 하려는지 눈치챈 좌욕이 비명을 지르고 발버둥을 쳤지만 항평의 억센 팔을 빠져나갈 수는 없었다.

항평은 좌욕의 반응과는 상관없이 그대로 팔을 부러뜨려 버렸다.

"으아아아악!"

좌욕의 입에서 처절한 비명이 터져 나오자 살기를 내뿜던 낭인들도 당황하는 기색이 역력했다.

"비.키.라.고."

항평이 스산한 웃음을 흘리며 위협했다.

낭인들이 서로의 얼굴을 바라보며 머뭇거리자 항평이 이 번엔 좌욕의 반대편 팔을 잡았다.

"자, 잠깐. 잠깐만."

간절한 음성으로 항평의 행동을 제지한 좌욕이 낭인들을 향해 미친 듯이 욕설을 퍼붓기 시작했다.

"이 개새끼들아! 꺼져! 꺼지라고! 대가리를 박살 내고 창자를 잡아 빼기 전에 당장 길을 열란 말이다!"

욕설이 효과를 본 것인지 아니면 회주의 동생이 위험해질 수 있다고 판단해서인지 낭인들이 하나둘 뒤로 물러나기 시작했다.

"진작 그럴 것이지."

생각지도 못한 욕설의 향연에 놀란 눈을 뜨고 지켜보던 항평이 키득거리며 걸음을 옮겼다.

불안한 눈으로 상황을 지켜보던 포로들의 얼굴에도 안도감이 깃들었다.

하지만 그들은 알고 있었다.

진정한 위기는 참회옥을 벗어나 밖으로 나갔을 때라는 것을.

얼마나 많은 병력이 그들을 잡기 위해 대기하고 있을지 가늠도 되지 않았다.

그저 적의 출현에도 전혀 동요하지 않는 유대웅과 그의 수하들의 실력이 출중하기만을 기대할 뿐이었다.

날이 밝으려면 아직 까마득한 시간이 남았건만 참회옥 주변은 흑랑회의 낭인들이 밝힌 횃불로 대낮같이 밝았다.

"아!"

누군가의 입에서 절망의 탄식이 흘러나왔다.

예상은 했지만 대기하고 있는 인원이 너무 많았다. 어림잡아 보더라도 족히 이삼백은 되는 것 같았다.

그에 반해 유대웅 일행은 삼십 남짓에 불과했다.

물론 포로들의 수까지 포함한다면 양측이 거의 비슷한 인원이라고 할 수 있겠지만 열악한 환경 탓에 무기를 들 만한 사람이 전무하다는 것을 감안하면 전력의 차이가 너무도 극명했다.

낭인들 무리에서 한 건장한 사내가 잿빛 바탕에 붉은 갈기를 휘날리고 있는 말을 타고 앞으로 나섰다.

흑랑회를 이끄는 세 명의 우두머리 중 한 명이자 과거 정무맹이 있던 자리에 새롭게 흑랑회의 본산을 구축하는 임무를 맡고 있던 도환기(途換氣)였다.

참회옥이 적에게 공격을 받았다는 소식에 달려오기는 했지만 보기만 해도 짜증나는 면상이 앞에 있자 표정이 과히 좋지 않았다.

"괜찮소, 형님?"

도환기의 물음에 좌욱이 고개를 끄덕였다.

"괘, 괜찮다."

"그다지 괜찮아 보이지는 않지만 형님이 괜찮다고 하니 그나마 다행이오."

도환기는 부러져 덜렁거리는 좌욱의 팔과 다리를 힐끗 바라보며 애써 웃음을 참았다.

대놓고 드러낼 수는 없었지만 속이 다 시원했다.

'순순히 따라만 준다면 내 선처를 할 것이다.'

스스로에게 다짐하며 도환기는 참회옥을 공격한 유대웅 등을 향해 입을 열었다.

"형님을 넘겨라. 그리고 무기를 버리고 항복해라. 그러면 나 도환기의 이름을 걸고 목숨만은 살려주도록 하마."

"생각해 보지."

유대웅의 말에 가소롭다는 듯 웃음 도환기가 고개를 끄덕였다.

"그럼 생각해 봐라. 일각의 시간을 주겠다."

"반각이면 된다."

가볍게 대꾸한 유대웅이 일행을 불러모았다.

"너희는 이곳 출구를 지킨다. 단 한 놈도 접근시키지

마라."

손짓으로 이석이 특별히 뽑아 데리고 온 열 명의 호천대원의 입을 막은 유대웅이 율인에게 시선을 돌렸다.

"황하련에 좌측을 부탁하지요."

"맡겨두십시오."

율인이 조용히 대답했다.

추뢰와 독묘가 서로의 얼굴을 바라보며 씨익 웃었다.

"영영. 너희도 좌측이다."

"예, 소사숙."

영영이 조용히 대답했다.

"대공자께는 우측을 맡기지요. 항평, 너도다."

"예."

팽염과 항평이 동시에 고개를 끄덕였다.

"은영문은 퇴로를 차단해 주십시오."

"알겠습니다."

싸우기도 전에 승리를 확신하는 유대웅의 태도에 기가 질릴 만도 하지만 혈사림에서 유대웅의 실력을 똑똑히 지켜본 임천은 이를 당연하게 여겼다.

"그럼 중앙은 저와 맹주님 차지로군요."

단혼마객이 웃으며 말했다.

"그렇긴 합니다만 글쎄요. 어찌 될는지 모르겠습니다."

유대웅의 입가에 묘한 웃음이 걸렸다.

그 웃음의 의미를 정확히 알고 있는 사람은 오직 한 사람 송하연뿐이었다.

송하연은 자신의 곁에 무표정한 얼굴로 서 있는 소면살왕을 바라보았다.

사람들은 그를 그저 참회옥에 갇혔던 포로 중의 한 사람으로 생각하곤 전혀 신경 쓰는 눈치가 아니였지만 이제 곧 알게 될 것이다.

그들이 얼마나 무시무시한 사람, 아니, 존재와 나란히 서 있었는지를.

간단히 명을 내린 유대웅이 빙글 몸을 돌려 마상에서 팔짱을 끼고 흥미로운 표정으로 대답을 기다리던 도환기를 바라보았다.

"결정했느냐?"

"그렇소."

"결론은?"

"거절하겠소."

순간, 도환기의 입가에 진한 미소가 번져 갔다.

"그럴 것 같았다."

"대신 인질은 돌려주도록 하겠소."

유대웅이 눈짓을 하자 항평이 좌욕을 힘껏 집어던졌다.

항평은 그 와중에도 나머지 팔과 다리를 꺾어버리는 배려를 잊지 않았다.

도환기의 수하 하나가 사지가 부러져 날아온 좌욕을 가볍게 받아 들고는 뒤로 물러났다.

그런 좌욕의 모습에 다시금 기분이 좋아진 도환기가 목청을 높였다.

"그 기개를 높이사 편히 죽여주마. 공격하랏!"

"와아아아!"

"죽여랏!"

흑랑회의 낭인들이 일제히 함성을 내지르며 공격을 시작했다.

파도처럼 밀려드는 적을 바라보면서도 유대웅 일행은 여유를 잃지 않았다.

당연했다.

한낱 낭인들, 그것도 최정예는 모조리 장강으로 향하고 사실상 빈 껍질만 남은 흑랑회 따위에게 당할 만큼 그들은 약하지 않았다.

"지금이라도 물러나면 살길을 열어주겠다."

단혼마객이 조용히 말했다.

아무도 그의 말을 귀담아 듣지 않았다.

단혼마객의 입가에 싸늘한 미소가 지어졌다.

"나는 분명히 물러날 기회를 주었다."

경고를 무시했으니 이제 그 대가를 치르게 할 시간이었다.

하늘 높이 도약한 단혼마객이 단숨에 적진 한가운데로 뛰어들었다.

착지를 했을 때 주변엔 이미 세 명의 낭인이 어육이 되어 쓰러졌다.

그것을 시작으로 단혼마객은 그야말로 거침없이 낭인들을 유린하기 시작했다.

단천삼십육검의 절초가 어둠을 밝힐 때마다 그의 주변엔 시신이 산처럼 쌓이고 피가 냇물이 되어 흘렀다.

"사, 살귀다."

"괴, 괴물!"

낭인들이 포위망을 구축하여 공격을 하려고 하였지만 단 한 번의 움직임으로 포위망을 갈가리 찢어버리는 단혼마객의 무력 앞에서 모든 것이 무용지물이었다.

몇몇 노회한 낭인이 합공을 하며 단혼마객의 거침없는 행보를 멈춰 보려고 애를 썼다.

하지만 그들 역시 단천삼십육검의 절초와 맞서게 되자 너무도 무력하게 무너지고 말았으니 단 일초식도 받아내는 이가 전무했다.

역공은 꿈도 꿀 수 없는 상황.

오직 일방적인 살육만이 있을 뿐이었다.

결국 두려움에 사로잡힌 낭인들이 하나둘 뒷걸음질 치기 시작했다.

한두 명 도망치는 사람이 생기자 이내 너도나도 할 것 없이 모조리 무기를 버리고 도망치기 시작했다.

"크아악!"

"으악!"

도망을 치던 낭인들이 붉은 피를 뿌리며 쓰러졌다.

"버러지 같은 놈들!"

도주하는 수하들의 목을 친 도환기가 말을 몰고 단혼마객에게 돌진했다.

바로 그 순간, 후미에서 번쩍이는 빛줄기 하나가 단혼마객의 어깨를 스치듯 지나가더니 돌진하는 말의 머리에 그대로 작렬했다.

빛에 담긴 힘이 어찌나 강맹하던지 돌진하던 말이 오히려 튕겨져 나가며 즉사했다.

말은 뒤로 튕겨져 나갔지만 마상에 있던 도환기는 말이 달리던 힘을 이기기 못하고 앞으로 고꾸라졌다.

허공에서 공중제비를 돌며 재빨리 중심을 잡은 도환기가 무사히 지면에 내려섰다.

지면에 내려서기 무섭게 단혼마객을 향해 돌진했다.

"타핫!"

분노를 가득 담은 낭아봉이 단혼마객의 머리를 노리며 짓쳐 들었다.

방어는 전혀 생각하지 않은 일격필살의 공격.

흑랑회에서 지위는 서열 삼 위였지만 무공은 그렇지 못하다는 도환기였지만 기세만큼은 대단했다.

하지만 단지 기세만으로 싸움을 할 수는 없는 법.

칠성둔형의 보법으로 도환기의 공격을 손쉽게 벗어난 단혼마객이 보다 신중한 자세로 검을 움직이기 시작하자 오직 기세로만 밀어붙이던 도환기는 이내 수세에 몰리고 말았다.

"무리군. 곧 끝나겠어. 실력은 제법 있었지만."

당곤이 유대웅 곁으로 다가오며 말했다.

"예. 한 무리의 수장이니까요."

"그래도 어림없지. 상대가 너무 안 좋아."

"그렇긴 하지요."

유대웅이 동의를 하며 미소 지었다.

"그런데 바로 그 창이더냐?"

"예?"

"방금 전에 말을 쓰러뜨린 창 말이다. 그것이 패왕사에서 얻은 창이냔 말이다."

"예, 초진창입니다."

유대웅이 조용히 대답하며 전장으로 고개를 돌렸다.

낭인들의 실력은 생각보다 좋지 않았다.

단혼마객이 중앙을 홀로 쓸고 있을 때 좌우에서도 항평과 율인 등이 그야말로 압도적인 실력으로 낭인들을 주살하고 있었다.

"츱."

굳이 싸움에 참여할 필요를 느끼지 못한 유대웅의 입에서 혀를 차는 소리가 들렸다.

유대웅이 고개를 돌렸다.

때마침 그를 바라보던 송하연과 두 눈이 마주쳤다.

송하연이 곁에 있던 소면살왕을 힐끗거리자 유대웅이 웃으며 고개를 흔들었다.

닭 잡는데 소 잡는 칼을 사용할 필요는 없었다.

무엇보다 소면살왕은 단순히 소를 잡는 칼이 아니라 그야말로 천하를 취할 수도 있는 명검, 이런 식으로 등장시키기엔 무대가 너무도 초라했다.

*　　　*　　　*

한치 앞도 보지 못하는 것이 인간사고 세상사라지만 남쪽에서 느닷없이 전해진 하나의 소문은 무림을 그야말로 거대한 충격 속에 빠뜨렸다.

무림삼세이자 단일 세력으로는 최강을 자랑하는 마황성이 천추세가의 공격을 받고 몰락했다는 믿을 수 없고, 믿기도 힘든 소문.

처음엔 아무도 그 말을 믿으려고 하지 않았다.

악양에서 장강수로맹과 팽팽한 대치를 하고 있는 천추세가가 대체 언제, 또 무슨 힘으로 마황성을 칠 수 있단 말인가!

하지만 반나절도 되지 않아 소문이 진실로 밝혀졌을 때, 마황성이 주춧돌만 남기고 모조리 불타 버렸음이 사실로 드러났을 때 무림은 다시금 천추세가의 힘에 전율을 했다.

이어 모든 시선이 천추세가가 진을 치고 있는 악양으로 쏠렸다.

장강수로맹을 돕고자 동정호 남쪽에 도착해 있는 마황성의 병력은 과연 천추세가를 공격하여 복수를 감행할 것인가?

만약 마황성이 공격을 한다면 장강수로맹은 군산이라는 지리적 이점을 포기하고 마황성을 도와 천추세가를 공격할 것인가?

천추세가는 과연 마황성과 장강수로맹을 맞아 싸울 여력이 있는 것일까?

무엇보다 천추세가는 대체 언제 그 많은 병력을 빼돌려 마황성을 공격한 것일까?

온갖 말들이 입에서 입으로, 지역에서 지역으로 퍼지며 거짓은 사실이 되고 사실은 거짓이 되었으며 추측은 확신이 되었고 확신은 막연한 예측이 되고 말았다.

극도의 혼란에 사로잡힌 무림.

그중에서 가장 큰 충격을 받은 이들은 마황성의 몰락에 이어 악양에 머물던 천추세가가 새벽을 기점으로 전격적으로 퇴각한 사실을 확인한 장강수로맹이었다.

태호청에 장강수로맹의 수뇌들은 물론이고 천추세가에 대항하고자 군산과 동정호 인근에 모인 모든 세력의 수장이 한자리에 모였다.

꽝!

탁자를 내려치며 일어선 중년인이 언성을 높였다.

"놈들이 악양에서 물러났다는 것이 사실이오, 군사?"

"그렇습니다. 방금 전, 모든 병력이 강을 넘었다는 보고가 도착했습니다."

장청이 힘없이 대답했다.

천추세가의 병력이 장강이북으로 물러갔다는 소식에 태호청이 분노로 들끓었다.

"대체 그 많은 병력이 강을 넘어 도주를 하는 동안 장강수로맹은 무엇을 했단 말이오?"

"이런 식의 퇴각은 단시간 내에 이루어 질 수 없는 것이오. 분명 뭔가 조짐이 있었을 터. 혹, 우리에게 속이는 것이라도 있소?"

"한마디로 허허실실(虛虛實實)의 수법에 당한 것이오. 그러니까 진작 놈들을 공격해야 했소."

"어찌 지형적인 이점을 버리고 싸움을 한단 말이오? 말도 안 되는 소리하지 마시오."

"뭐가 말이 안 된다는 말이오? 결과가 증명을 하고 있소. 주력을 빼낸 천추세가는 마황성을 괴멸시켰소. 그사이 우리는 놈들의 계략에 속아 시간만 허비를 했고. 결국엔 빈껍데기만 남은 놈들이 저렇듯 꽁무니를 빼며 도망을 치는 것까지 지켜봐야만 했소. 이 무슨 망신이란 말이오!"

태호청에 모인 각 세력의 수뇌들이 앞을 다투어 온갖 불만을 쏟아냈다.

모두다 모여 합의를 하고 동의한 사안에 대해서도 꼬투리를 잡고 비난을 해댔다.

몇몇 이가 장강수로맹을 두둔하기 위해 나서보았지만 그

들의 의견은 거친 비판 속에서 이내 묻히고 말았다.

군웅들의 비난을 한 몸에 받게 된 장강수로맹의 수뇌들은 끓어오르는 분노를 참기 위해 필사적으로 노력을 해야 했다.

그마저도 안 되면 뇌우처럼 자리를 박차고 태호청을 떠나버렸다.

하지만 시간이 한참을 흘렀음에도 비난의 분위기가 진정될 기미가 보이지 않자 자우령을 필두로 더 이상 화를 참지 못한 장강수로맹의 수뇌들이 하나둘 자리에서 일어났다.

배설하듯 분노를 토해내던 군웅들이 뭔가 이상하다는 느낌을 받았을 때 태호청을 지키고 있는 장강수로맹의 인물은 오직 장청 혼자뿐이었다.

"이게 지금 무슨 짓인가?"

"이 많은 사람을 모아놓고 장난을 치자는 것이오?"

"피한다고 장강수로맹의 잘못이 사라지는 것은 아니라는 것을 어찌 모르시오."

"모두 당장 돌아오라고 하시오. 손님을 불러놓고 이 무슨 무례요."

"그리고 맹주는 어디에 있소? 이 난리가 났는데 어찌하여 코빼기도 비치지 않는단 말이오!"

비난의 수위가 넘어 이제는 막말까지 나오는 형국이었
다.

이를 가만히 듣고 있던 장청이 천천히 자리에서 일어났
다.

싸늘하다 못해 냉기가 느껴질 정도로 차가워진 장청의
분위기에 미친 듯이 들끓었던 태호청의 열기가 조금 가라
앉았지만 장청의 대답 여하에 따라 언제든지 다시 끓어오
를 준비를 하고 있었다.

"맹주께서 폐관수련에 들어가신 것은 다들 아실 것이
니⋯⋯."

저 멀리서 야유가 들려왔다.

"장난하는 것도 아니고!"

"그러니까 그 폐관 수련은 언제 끝나냐고?"

야유가 들려온 곳을 향해 살짝 노려본 장청이 입술을 살
짝 깨물며 말을 이었다.

"맹주님은 자신의 권한을 방금 자리를 떠나신 태상장로
님께 일임하셨습니다. 그리고 태상장로님은 자리를 떠나시
면서 다시 제게 그 권한을 일임하셨지요. 그러니까 지금부
터 제 말이 장강수로맹을 대표하는 말이요, 결정이 되겠습
니다."

거의 백 쌍에 이르는 눈동자가 장청에게 향했다.

"화산파, 당가, 황하련, 하북팽가, 성수의가……."

장청이 느닷없이 각 문파의 이름을 불러대자 태호청의 분위기가 요상하게 흘러갔다.

더구나 불리는 문파의 대부분이 장강수로맹과 아주 밀접하거나 방금 전 온갖 비난이 난무할 때 장강수로맹을 옹호했던 문파들이라는 것이 드러나자 분위기는 더욱 이상해졌다.

"…창천방(蒼天幇)과 검성문(劍聖門)……."

검성문을 끝으로 말을 끝내려던 장청이 태호청 안으로 들어오는 사내를 발견하고 한 문파의 이름을 더 불렀다.

"마지막으로 마황성을 제외한 문파들의 수장께선 지금 즉시 이곳을 떠나 주십시오. 지금 이 시간부터 여러분과의 동맹은 백지화가 될 것이며 반 시진 이내로 떠나지 않으면 적으로 간주할 것입니다."

그야말로 폭탄과도 같은 선언이었다.

"그, 그게 무슨 말이오, 군사?"

"노, 농이 지나치시오."

장청은 아무런 대꾸도 하지 않고 자리에서 일어났다.

처음엔 농으로 받아들이던 이들은 칼같이 몸을 돌리는 장청의 모습에서 비로소 상황의 심각함을 이해했다.

그리곤 일제히 변명을 쏟아냈다.

"우리가 조금 지나친 면이 있기는 했지만 이렇듯 감정적으로 부딪칠 문제는 아니라고 보오."

"맞소. 마황성이 무너졌다는 소식에 다들 놀라는 바람에 다들 감정이 격해진 것이오."

"그렇소. 그동안 장강수로맹이 얼마나 애를 썼는지 누가 모르겠소. 진정하고……."

막 퇴청하려던 장청이 고개를 돌렸다.

일시에 침묵이 찾아왔다.

"반 시진입니다."

장청이 단 한마디를 남기고 사라지자 태호청의 분위기는 그야말로 말이 아니었다.

그럼에도 불구하고 몇몇 사람들은 장강수로맹을 성토했지만 이번엔 그들이 소수가 되어버리고 말았다.

"쯧쯧, 내 이럴 줄 알았지."

군웅들의 시선이 백규에게 쏠렸다.

"대책을 세울 생각은 하지 않고 그렇게 헛소리를 늘어놓을 때부터 내 이런 꼴을 당할지 짐작했다. 군사가 많이 참았지. 암, 많이 참고말고. 아마 맹주였으면 그 불같은 성격으로 인해 여럿 죽어나갔을 것이다."

"말을 함부로 하지 마시오."

백규의 맞은편에서 불만이 터져 나왔다.

"함부로? 뭐가 함부로 하는 것인지 증명해 주랴?"

백규의 음성이 착 가라앉고 전신에서 무시무시한 기운이 쏟아져 나오자 방금 전, 불만을 토로했던 자는 감히 눈도 마주치지 못하고 고개를 숙였다.

"네놈들의 그 조급함과 한 치 앞도 내다보지 못하는 어리석은 눈 때문에 일이 이지경이 된 것이다. 꺼져라. 그리고 다시는 이곳에 모습을 드러내지 마라. 만약 그랬다가 장강수로맹이 아니라 노부가 직접 박살을 내줄 것이니."

군웅들을 차갑게 노려본 백규마저 태호청을 나가 버렸다.

누구 하나 입을 열지 못했다.

그저 이 난처한 상황을 어찌 극복해야 할지 필사적으로 머리를 굴릴 뿐이었다.

"어이쿠! 반 시진이면 서둘러야겠네."

장난처럼 들려오는 음성에 그렇잖아도 잔뜩 성이난 군웅들의 시선이 한곳으로 쏠렸다.

"왜?"

한 노인이 태연스레 대꾸했다.

목소리의 주인을 확인한 순간, 일제히 고개를 돌렸다.

장강무적도에게 시비를 걸 사람은 감히 존재하지 않았다.

태호청에 모인 군웅들이 장청의 선언에 골머리를 썩이고 있을 때 장강수로맹의 수뇌들과 백규, 당학운 등은 뒤늦게 태호청에 모습을 드러낸 적우를 만나고 있었다.

심심한 위로의 말이 오간 뒤, 장청이 단도직입적으로 물었다.

"본맹이 무엇을 해주기를 원하십니까?"

"무엇을 해줄 수 있소?"

적우가 반문했다.

"가능한 모든 지원을 하겠습니다."

"하지 않을 수도 있다는 말로 들리오만."

적우의 음성엔 가시가 돋아 있었다.

"잠시만. 마황성에서도 우리가 놈들의 계략에 당했다고 생각하는 건가?"

자우령이 물었다.

"아닙니까?"

"글쎄. 결과가 그리 나왔으니 완전히 부정은 하지 않겠네. 하지만 악양에 있던 저들의 힘은 진짜였네."

"그럴까요? 천추세가의 가주, 수많은 장로와 호법, 최강이라는 군림대, 하후세가, 뇌화문, 그리고 멸혼과 불사완구까지. 마황성을 공략한 자들의 정체입니다."

적우의 말에 가장 큰 충격을 받은 사람은 하오문의 수장 항몽과 운밀각주 사도진, 그리고 팽윤과 장청이었다.

"지금 천추세가의 가주가 마황성에 나타났다는 것입니까?"

팽윤이 떨리는 음성으로 물었다.

"그렇소."

"군림대와 하후세가가……."

사도진의 허탈한 음성은 끝까지 이어지지도 못했다.

"우리가 파악한 것은 불사완구뿐이었거늘. 그래서 제대로 움직이지 못한 것이고."

자우령도 놀라움을 감추지 못했다.

"빌어먹을! 완전히 당했군. 정말 완전히 속았어."

속은 것이 분했는지 뇌우가 울분을 토했다.

"그래서, 마황성은 어찌 대응할 생각인가?"

백규가 물었다.

"복수를 해야지요."

적우가 간단히 대답했다.

"그렇다고 성급하게 달려들다간 도리어 당할 수도 있네."

"그걸 모르진 않습니다. 하지만 이대로 기다리기엔 형제들을 볼 면목이 없습니다. 최소한 길동무는 만들어 줘야 하지 않겠습니까?"

"길동무? 길동무라면……."

백규가 고개를 갸웃거릴 때 장청이 입을 열었다.

"장강을 넘자는 말이군요."

"맞소. 마황성을 농락한 저들의 본진이 도착하기 전에 놈들을 공격했으면 싶소. 이후엔 기회가 없을 것 같기도 하고."

"방법을 찾아보겠습니다."

방법을 찾아보겠다는 장청의 말에 적우의 안색이 밝아졌다.

"괜찮겠느냐?"

자우령이 우려를 표명했다.

"대공자의 말이 맞습니다. 진정한 주력이 자리를 비운 지금 저들을 공략해야 합니다. 아니면, 어쩌면 정말……."

장청은 차마 말을 잇지 못했지만 방에 모인 이들은 그가 하고자 하는 말을 모르지 않았다.

그만큼 마황성의 몰락과 그들을 무너뜨리면서 다시금 드러난 천추세가의 힘은 두려움을 넘어 공포스러울 지경이었다.

"그렇다면 괜시리 분란을 만들었구나. 한 사람의 힘이라도 더 필요할 터인데."

백규는 한숨을 내뱉었지만 장청은 오히려 고개를 저었다.

"차라리 잘되었습니다. 일이 이렇게 되고 보니 어쩌면 생각지도 못한 효과를 볼 수도 있을 것 같습니다."

"생각지도 못한 효과?"

"예. 저들만 허허실실의 계략을 쓰라는 법은 없지요. 이번엔 우리가 허허실실의 계를 쓸 차례입니다."

"아! 그렇구나!"

장청의 말뜻을 이해한 백규가 탄성을 내뱉으며 무릎을 탁 쳤다.

다른 이들의 반응도 백규와 다르지 않았다.

뇌우만 팽윤에게 다시 설명을 들었을 뿐이었다.

"그런데 정말 이런 상황인데도 맹주는 어디에 있는 것이오? 아무리 폐관수련이 중하다지만 조금 심한 것 같소."

적우가 이해를 할 수 없다는 표정을 지으며 고개를 흔들자 방 안에 모인 이들의 입가에 쓴웃음이 지어졌다.

"그러게나 말입니다."

장청이 땅이 꺼져라 한숨을 내뱉었다.

* * *

하남성 남동쪽에 위치한 교통의 요지 평여(平輿).

참회옥의 포로들을 탈출시킨 유대웅 일행은 황소곤이 인근에 미리 준비해 두었던 말과 마차를 이용해 아침이 밝기 전 평여에 도착한 뒤 각 객점과 주루 등에 분산하여 몸을 숨기고 있었다.

만 하루가 지나도록 별다른 추격이 없는 것을 보면 적들의 추격을 교란하기 위해 따로 움직인 은영문의 살수들이 자신들이 맡은 바 임무를 충분히 해준 것 같았다.

"문제는 지금부터다. 여기까지야 어떻게 숨어들었다지만 인근엔 추격대가 쫙 깔릴 터. 어찌 빠져나가야 할지……."

답답함을 참지 못한 당곤이 유대웅을 힐끗 바라보았다.

걱정이 태산 같은 자신과는 달리 유대웅은 별다른 걱정을 하지 않는 것 같았다.

느껴지는 것이 있었다.

"이미 방도를 마련해 두었구나."

"그럭저럭이요."

"그게 무엇이냐? 놈들의 감시가 만만치 않을 텐데 놈들의 이목을 어찌 숨기고."

당곤의 채근에 유대웅이 입을 열었다.

"어르신께서도 느끼시고 계시겠지만 포로들이 몸을 숨기

고 있는 각 주점은 모두 하오문과 연계된 곳입니다."

"그런 것 같더구나."

당곤이 고개를 끄덕였다.

"거기에 더해 며칠 전을 기점으로 평여에 있는 많은 객점의 주인이 바뀌었습니다."

"주인이 바뀌다니?"

"사천에 있는 풍림상회가 저희 쪽과 관련이 있다는 것을 아실 겁니다."

"그래. 알고 있다. 본가에서 그들이 자리를 잡게 도와주기도 했으니까."

"풍림상회의 자금을 동원했습니다."

"그럼?"

"예. 지금 우리가 머물고 있는 객점의 대부분이 풍림상회의 소유입니다. 물론 이 지역 사람들도 모르는 일이지요."

당곤이 무릎을 탁 쳤다.

"그랬구나. 그래서 이렇게 태연하게 앉아 쉴 수 있는 것이었어. 하면 이곳을 벗어나는 것도 그들의 힘을 빌릴 생각이냐?"

"예. 이곳은 교통의 요지입니다. 풍림상회의 상단의 왕래도 매우 빈번하고요. 몇 번만 다녀가면 모두 무사히 빠져나갈 수 있을 것입니다."

"놈들이 상회라고 감시의 눈을 거두지는 않을 텐데?"

"걱정 마십시오. 이미 인근 관리들과 군부의 요인들에게 충분한 보상을 해두었습니다. 누가 되었든 미치지 않고선 풍림상회를 건드리지 못합니다."

유대웅의 설명을 들은 당곤은 자신이 얼마나 쓸데없는 걱정을 하고 있었는지 다시금 깨달았다.

"그저 편안히 쉬고만 있으면 되는 것을."

너털웃음을 터뜨리는 당곤이 기분 좋게 술병을 들었다.

하지만 밖에 나갔던 황소곤이 새파랗게 질린 얼굴로 뛰어들어오며 그 잠깐의 평온은 다시 깨지고 말았다.

"무슨 일이야?"

항평이 물었다.

"마, 마황성이, 마황성이 무너졌습니다."

순간, 방 안에 알 수 없는 침묵이 맴돌았다.

서로의 얼굴을 멀뚱한 표정으로 살피며 방금 들었던 말을 이해하려 했던 이들의 얼굴이 딱딱히 굳어졌다.

"다, 다시 말해봐라. 마황성이 어찌 돼?"

당곤이 경악으로 가득 찬 눈으로 물었다.

"은밀히 병력을 빼서 십만대산으로 이동시킨 천추세가가 마황성을 완전히 무너뜨렸다고 합니다."

"확실한 거냐?"

유대웅이 착 가라앉은 음성으로 물었다.

"예."

"천추세가의 정예는 모조리 악양으로 몰려들었다고 하지 않았던가? 그래서 각지에서 지원군이 몰려든 상황이고."

"그렇습니다. 하지만 금방이라도 공격을 시작할 것 같았던 천추세가는 오히려 움직이지 않고 그들을 따라 남하한 고만고만한 문파들이 공격을 하면서 많은 이가 의아해한 것도 사실입니다."

"천추세가는 그때 이미 최정예 병력을 모조리 빼돌렸다는 말이군."

"예."

"장청은, 하오문과 운밀각은 대체 뭣들 하고?"

유대웅이 역정을 냈다.

픽!

그때까지 손에 들려 있던 술잔이 산산조각이 나버렸다.

"불사완구가 사라진 것은 눈치를 챈 모양입니다만 군림대를 비롯하여 몇몇 주력이 바꿔치기 한 것은 미처 알아차리지 못한 것 같습니다."

"바보 같은 놈들!"

"그렇게 화만 낼 일은 아니다. 그만큼 적이 뛰어나다는 것이야. 그나마 장강수로맹이 당한 것이 아니라는 게 어디냐?"

당곤이 유대웅을 달랬다.

"하지만 마황성은 그렇게 당하면 안 되는 곳입니다. 후우~"

안타까움에 땅이 꺼져라 한숨을 내쉬는 유대웅의 손을 송하연이 가볍게 잡아 주었다.

"그리고……."

황소곤이 차마 입을 열지 못하고 쭈뼛거리자 뒤쪽에 있던 단혼마객이 그의 어깨를 툭 쳤다.

"더 놀랄 일이 또 있을까? 무슨 일이냐?"

"그, 그게……."

"답답하니까 빨리 말해라."

당곤까지 역정을 내자 땀을 삘삘 흘린 황소곤이 유대웅의 눈치를 보며 말을 이었다.

"오늘 새벽에 악양에 있던 천추세가의 병력이 장강이북으로 퇴각했다고 합니다."

"……."

또 한 번의 침묵이 방 안에 찾아들었다.

"맹에선 그냥 지켜만 봤고?"

유대웅이 이제는 놀랄 기운도 없는지 그러려니 한 표정으로 물었다.

"예. 사실 어느 정도 눈치는 채고 있었다고 합니다. 하지만 불사완구의 행방이 파악이 되지 않아 군웅들에게 알리지 않고 의도적으로 외면한 것으로 압니다."

"하지만 지금쯤이면 땅을 치고 후회하고 있겠군. 천추세가의 진정한 정예들은 모조리 빠지고 껍데기만 남은 상태라는 것을 알았을 테니까."

"해서 그들에 대한 공격을 준비하는 모양입니다."

"군산을 벗어나서 싸우겠다고? 군사가 그런 결정을 내렸단 말이야?"

유대웅이 입을 쩍 벌렸다.

평소 극도로 신중한 장청의 성격을 감안하면 참으로 놀라운 일이 아닐 수 없었다.

"예. 마황성의 병력과 함께 공격을 할 모양입니다."

"하지만 그게 가능할까? 지금까지의 천추세가의 행보를 보면 쉽게 당할 것 같지는 않은데."

단혼마객이 회의적으로 고개를 흔들었다.

"꼭 그렇게만 생각하실 일은 아닌 것 같습니다."

"어째서?"

황소곤은 태호청에서 벌어졌던 일에 대해 간단히 설명을 하며 장청의 의도를 전했다.

"그렇군. 그러니까 분란이 일어난 것처럼 꾸민 뒤 천추세가를 방심케 한 다음에 치겠다는 말이군."

단혼마객의 말에 당곤이 고개를 저었다.

"아니지. 당시의 상황은 진짜라고 하지 않나. 분란은 이미 일어났지. 적들도 그것을 알 터이고. 오히려 꾸미지 않아서 성공할 가능성이 높겠군."

"그러게요. 천추세가에서도 설마하니 이런 상태에서 우리가 공격할 줄은 생각하지 못할 테니까요."

유대웅은 성공할 가능성이 충분히 높은 계획이라 생각하며 마음에 들어 했다.

"군사로부터 곧 연락이 오겠군요."

단혼마객이 말했다.

"예. 그렇겠지요."

"지원 말이냐?"

당곤이 물었다.

"예."

"당연히 가야지. 다들 네가 폐관수련을 하고 있는 것으로 안다며? 심지어 천추세가 놈들까지도."

"그렇게 알고 있을 겁니다."

유대웅이 피식 웃음을 터뜨렸다.

"그런 상황에서 갑자기 네가 이들을 이끌고 나타나면 아군에겐 실로 큰 힘이 될 것이고 적에겐 적지 않은 공포감을 심어주게 될 것이다. 이렇게 아니라 이번에 구해낸 이들도 함께 데리고 가는 것이 어떠냐? 하루 이틀 더 쉬고 나며 충분히 싸울 만할 것이다."

"인근의 깔린 감시망을 어떻게 뚫느냐가 중요하기는 하겠지만 불가능한 말씀은 아니네요. 충분히 힘이 될 것이고요. 하지만……."

뭔가가 미진한지 유대웅의 표정이 밝지 않았다.

"마음에 걸리는 것이라도 있는 겁니까?"

단혼마객이 물었다.

"아니요. 딱히 그런 것은 없습니다. 다만……."

다들 숨을 죽이고 유대웅의 말을 기다렸다.

"이것으로 충분할까 싶어서 말이지요."

"무슨 뜻이냐?"

당곤이 물었다.

"마황성이 당했습니다. 군웅들에겐 어쩌면 정무맹이 당한 것보다 더 큰 충격으로 다가올 겁니다. 누가 뭐라고 해도 마황성은 무림에서 가장 큰 힘을 지녔던 곳입니다."

"그렇지."

"하면 이쪽에서도 그 정도로 큰 충격을 저쪽에 안겨 줘야 합니다. 단순히 병력에 피해를 주는 것이 아니라 정신적으로 크게 휘청일 만한 뭔가를 말입니다."

말을 하면서 방법을 찾아낸 것인지 유대웅의 눈빛이 반짝반짝 빛나기 시작했다.

"평아."

"예. 형님."

"모두 소집해라."

"예."

궁금한 것이 많았지만 항평은 아무런 질문도 하지 않고 곧바로 방문을 나섰다.

잠시 후, 항평을 필두로 참회옥을 쳤던 인원들이 한자리에 모였다.

그들을 한 번 둘러본 유대웅이 방금 전, 황소곤과 나누었던 대화를 간단히 말해준 다음 잠시 말을 끊었다.

뒤늦게 온 자들은 몰라도 먼저 자리를 지키고 있던 이들은 지금부터가 본론이라는 것을 직감했다.

"병력을 나눌 생각입니다. 한쪽은 이곳을 벗어난 후, 즉시 남하하여 싸움을 돕게 될 것이고 다른 한쪽은 나와 함께 움직이게 될 것입니다. 참고로 말해 나와 함께 움직이면 열중 아홉은 목숨을 잃는다는 각오로 해야 할 터. 거부해도 부끄러워할 이유가 전혀 없음을 미리 알려 드립니다."

미리 경고 아닌 경고를 한 유대웅이 가장 먼저 단혼마객에게 시선을 두었다.

　"설 호법은 저를 도와주서야겠습니다."

　"물론이지요."

　단혼마객이 환하게 웃었다.

　"더불어 항평."

　"예."

　항평이 주먹을 불끈 쥐며 대답했다.

　"영영."

　"예. 소사숙."

　"너는 나와 함께 갈 수 없다. 너는 나를 대신해 다른 이들을 이끌어야 한다."

　아쉬운 얼굴로 유대웅을 바라보던 영영이 이내 고개를 끄덕였다.

　"알겠습니다."

　"이석과 호천단도 그녀를 따라 움직인다."

　"매, 맹주님."

　이석이 깜짝 놀라 입을 열려는 찰나 유대웅이 냉정히 그의 말을 잘랐다.

　"나를 따라오기엔 네 실력이 부족하다."

　"……."

이석이 힘없이 고개를 숙였다.

곳곳에서 탄식이 터져 나왔다.

이석 정도의 실력자가 끼지 못할 정도라면 자격이 있는 사람은 황하련의 율인과 하북팽가의 대공자 팽염 정도뿐이었다.

"함께하겠습니다, 맹주."

유대웅이 뭐라 말을 하기도 전에 율인과 팽염이 동시에 입을 열었다.

유대웅의 입가에 미소가 번졌다.

"목숨을 걸어야 합니다."

"이미 걸고 있습니다."

율인의 대답에 팽염도 같은 생각이라는 듯 고개를 끄덕였다.

"좋습니다. 함께하도록 하지요."

바로 그때, 당곤이 불쑥 끼어들었다.

"노부도 가겠다."

"안 됩니다."

유대웅이 단호히 잘랐다.

"토 달지 마라. 노부는 이미 결정했다."

"하지만……."

두말할 것도 없다는 듯 당곤은 아예 몸을 돌려 버렸다.

뭔가 말을 하려던 유대웅은 그의 손을 잡고 가볍게 고개를 흔드는 단혼마객을 보며 입을 다물 수밖에 없었다.

　결국 당곤을 받아드리기로 한 유대웅이 송하연에게 잠시 시선을 주었다.

　그 의미를 알아챈 송하연의 입가에 미소가 지어졌다.

　"그리고 마지막으로 우리와 함께할 사람, 아니, 존재가 있습니다."

　유대웅의 말이 끝나기가 무섭게 방 안으로 들어오는 사람은 그들 모두가 참회옥에서 탈출한 포로로 알고 있는 노인이었다.

　"혹 불사완구냐?"

　유대웅이 참회옥에서 광의를 만나고 그를 포로로 잡았음을 기억한 당곤이 넌지시 물었다.

　"맞습니다. 불사완구입니다."

　방 안 가득 탄성이 터져 나왔다.

　"그리고 과거에 소면살왕이라 불리던 사람입니다."

　"마, 말도 안 돼!"

　"맙소사!"

　유대웅의 말이 끝나기가 무섭게 방 안에서 단 세 사람만이 반응을 했다.

　당곤과 단혼마객, 그리고 처음부터 영영을 돕는 것으로

내정되었던 임천이었다.

그것이 불사완구로 화한 소면살왕이 세상에 첫 선을 보인 순간이었다.

『장강삼협』16권에 계속…

이제부터 전자책은

이젠북

www.ezenbook.co.kr

새로운 세계가 열린다!

한백림 『천잠비룡포』　천중화 『그레이트 원』
좌백 『천마군림』　송진용 『몽검마도』
현대백수 『간웅』　김석진 『더블』
김정률 『아나크레온』　백연 『생사결-영정호우』
임준후 『켈베로스』　예가음 『신병이기』
진산 『화분, 용의 나라』　남운 『개방학사』

이름만 들어도 황홀할 정도의 별들의 향연!

이들의 "유료연재"가 시작됩니다!

검색창에 **이젠북** 을 쳐보세요! ▼ 🔍

靑藍 이포두

노주일 新무협 장편 소설

FANTASTIC ORIENTAL HEROES

청어람이 발굴한 신인 「노주일」
그가 선사하는 즐거운 이야기!

내 나이 방년 스물셋. 대륙을 휘몰아치는 전쟁에서
간신히 살아남아 고향으로 돌아왔다.
사실 전쟁은 이미 이기고 지는 건 문제도 아니었다.
단지 전후 협상만이 탁상공론으로 오고 갔을 뿐.
하지만 전쟁터에서는 항시 사람이 죽어 나갔다.
이유도 알지 못한 채 그냥.
그러던 차에 전후 협상처리가 되고 나서 전역했다.
그리고는 곧장 뒤도 돌아보지 않고 고향으로!

『이포두』

내 가족과 내 친구가 있는 곳으로!

Book Publishing CHUNGEORAM

유행이 아닌 자유추구 -
WWW. chungeoram.com

FUSION FANTASTIC STORY

THE LORD
몽환의 군주
OF
FANTASY

「총수의 귀환」 텀블러 작가의 신작!

무릇 세상의 모든 것에는
그것의 본질을 똑같이 닮은 무언가가 존재한다.

가난한 스물여섯 청년 화수
루야나드 대륙 칼리어스의 영주 아론으로 깨어나다!

『몽환의 군주』

지구와 루야나드 대륙을 오가며
차원의 평행선을 넘나드는 그의 독보적인 이중생활이 시작된다!

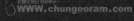
유령이 아닌 자유추구
WWW.chungeoram.com
Book Publishing CHUNGEORAM

FANTASTIC ORIENTAL HEROES

용훈 新무협 판타지 소설

무림공적, 천살마군 염세악!
검신 한호에게 잡혀 화산에 갇힌 지 백 년.

와신상담… 절치부심… 복수무한…

세월은 이 모든 것을 잊게 하고
세상마저 그를 잊게 만들었다.
하지만.

"허면 어르신 함자가 어찌 되시는지……"
우연한 만남, 자신도 모르게 튀어나온 원수의 이름.
"그게… 한, 한호일세."

허무함의 끝에서 예기치 않게 꼬인 행로.
화산파 안[in]의 절세마인, 염세악의 선택!

Book Publishing CHUNGEORAM

책이 아닌 지혜까지
WWW.chungeoram.com

요 람 新무협 판타지 소설

FANTASTIC ORIENTAL HEROES

국내 최대 장르문학 사이트를 휩쓴 화제작!
여름의 더위를 깨뜨리며 차가운 북방에서 그가 온다.

『귀환병사』

열다섯 나이에 북방으로 끌려갔던 사내, 진무린
십오 년의 징집을 마치고 돌아오다.

하지만 그를 기다린 것은 고아가 된 두 여동생, 어머니의 편지였다.
그리고 주어진 기연, 삼륜공……

"잃어버린 행복을 내 손으로 되찾겠다!"

진무린의 손에 들린 창이 다시금 활개친다.
그의 삶은 뜨거운 투쟁이다!

Book Publishing CHUNGEORAM

유행이 아닌 자유추구 -
WWW.chungeoram.com

FANTASTIC ORIENTAL HEROES

류진 新무협 판타지 소설

진짜 악한(惡漢)을 보고 싶은가! 진짜 무협을 느끼고 싶은가!
작가 류진의 거침없는 이야기!

『야수왕』

악한들만 모인 악인도에서도 최고의 악질로 통하는 남자
살부사(殺父蛇) 설백천.

하지만 누구보다 냉정하고 치열한 그에게도 소망이 있다.

"열여덟 살이 되면 도주가 되어
여기서 탈출할 길을 찾을 거야."

중원이여, 모두 숨을 죽여라!
여기 거친 야수가 너희에게 간다!

Book Publishing CHUNGEORAM

유행이 아닌 자유추구 -
WWW.chungeoram.com

요람 新무협 판타지 소설
FANTASTIC ORIENTAL HEROES

국내 최대 장르문학 사이트를 휩쓴 화제작!
여름의 더위를 깨뜨리며 차가운 북방에서 그가 온다.

『귀환병사』

열다섯 나이에 북방으로 끌려갔던 사내, 진무린
십오 년의 징집을 마치고 돌아오다.

하지만 그를 기다린 것은 고아가 된 두 여동생, 어머니의 편지였다.
그리고 주어진 기연, 삼룡공……

"잃어버린 행복을 내 손으로 되찾겠다!"

진무린의 손에 들린 **창**이 다시금 활개친다.
그의 삶은 **뜨거운 투쟁**이다!

Book Publishing CHUNGEORAM

유행이 아닌 자유추구 -
WWW.chungeoram.com

아르벤드
연대기
Chronicles
of
Arebend

몽연 판타지 장편 소설

FANTASY FRONTIER SPIRIT

아르벤드 대륙의 진정한 역사가 시작된다!

『아르벤드 연대기』

골육상잔을 피하려 황궁을 떠난 비운의 황자 탄트라.
그러나 그를 기다린 건 어쌔신의 습격과 마수가 가득한 숲.

모든 것이 무너져 버린 그에게 악마가 찾아온다.

고향으로 돌아가길 바라는 악마, 아크아돈.
자유를 꿈꾸는 황자, 탄트라.

두 영혼이 하나가 되어 새로이 눈을 뜬다.

탄트라의 행보를 주목하라!

www.chungeoram.com